KEITAI
SHOUSETSU
BUNKO
野いちご SINCE 2009

完全無欠の超モテ生徒会長に、
ナイショで溺愛されています。

みゅーな**

JN020505

●STARTS
スターツ出版株式会社

イラスト/Off

完全無欠、みんなの憧れの存在でもある
学園トップの生徒会長。
そんな会長には、とある秘密がありました。

神楽昊芭

×

更科百葉

「百葉ちゃん、ここ弱いの？　素直な百葉ちゃんもとびき
り可愛いね」

表の優しさは、じつは仮面。

ほんとの会長は──。

「……俺にされるがままになってる百葉ちゃん……たまん
ないね」

誰にも秘密にしなきゃいけないような、刺激的なことがだ
いすきで。

「ほら俺がキスして触っても……声我慢してね？」

笑顔で甘いことしてくる会長は要注意です。

完全無欠の超モテ生徒会長に、ナイショで溺愛されています。 人物紹介

神楽 昊芭
（かぐら そらは）

学校中の生徒が憧れる、完全無欠の生徒会長。誰にでも人当たりがよくてみんなに頼られて、完璧に見えるけど、実は百葉をとんでもなく甘やかしたい裏の顔を持っている。

更科 百葉
（さらしな ももは）

成績優秀なため生徒会に抜擢されてしまった高3女子。身体の一部が異常に敏感な体質をしており、そのせいで男子が苦手。なるべく目立たないよう、ふだんはメガネにおさげの地味子姿。

星影 塔子
ほしかげ とうこ

百葉の友達。百葉のことをよく理解してハッキリものを言うため、いつも百葉に相談されている。

雪峰 葎貴
ゆきみね りつき

百葉と昊芭のクラスメイト。誰とでも仲良くなれる性格だが、昊芭とは特によく話している。

花森 小鞠
はなもり こまり

生徒会の書記を務める高校2年生。いつも明るく、生徒会のムードメーカー的存在。

壱瀬 志那
いちせ しな

生徒会の会計を務める高校2年生。クールな秀才で、小鞠とは幼なじみ。

contents

第1章

完全無欠の会長の秘密。 10

会長はかなり危険な要注意人物。 36

ミスしても怒らない会長。 46

かばってくれる優しい会長。 54

第2章

会長は甘くて策略的。 68

会長のほんとの顔って? 80

会長とデート、不意打ちのキス。 93

熱に浮かされて甘えてくる会長。 111

会長は甘いイタズラが好き。 131

第3章

会長とひと晩同じ部屋で。 142

会長の甘く惑わすキス。 158

会長らしくない一面。 169

第4章

会長に好きだと伝えたくて。　182

会長の彼女になりました。　199

会長の嫉妬はとびきり甘い。　211

第5章

会長は下の名前で呼ばせたい。　228

会長の理性は葛藤中。　245

会長に見合う女の子になりたくて。　256

会長に嫉妬を隠したくて。　277

会長とドキドキの旅行。　293

あとがき　316

☆
☆
☆
☆

第1章

完全無欠の会長の秘密。

高校３年生になって、早くも１ヶ月が過ぎた５月。

わたし更科百葉は、いつも放課後決まった曜日に決まった場所——生徒会室へ向かう。

生徒会室に来たら、観葉植物にお水をあげるのが日課。

窓の外の桜も、緑に変わったなぁ。

ほんの１ヶ月前までは桜が咲いていたのに、５月になると緑でいっぱい。

本当なら、わたしは生徒会に入る予定はなかった。

目立つことは苦手だし、できることなら、残りの高校生活も地味に過ごしたかったんだけれど。

３年生になって、先生から生徒会に入らないかって誘いを受けたのがきっかけ。

最初は断ったんだけど、どうしても副会長をお願いしたいと頼まれて……。

そもそも、どうしてわたしが生徒会に推薦されたのかというと。

理由はとても簡単。

この学園の成績トップは会長。その次がわたしだから。

おまけに、会長からも自分と同等に話ができる人にサポートをしてほしいと言われてしまい……。

生徒からも先生からも信頼が厚い会長の頼みを、わたしなんかが断れるわけもなく……。

　今までずっと男の子と関わるのを避けてきた。

　苦手意識があって、それは今も変わらずだけど。

　会長みたいな人なら信頼できるし、わたしで役に立てるならサポートしてみたいと思った。

　生徒会に加入して１ヶ月。

　少しずつ生徒会の雰囲気にも慣れてきたところ。

　すると、勢いよく生徒会室の扉がバーンと開いた。

「あー、今日もいちばん早く来てるのは百葉先輩ですねー！お疲れさまですっ！」

「あ、えっと、花森さん。お疲れさまです」

「百葉先輩は年上なんですから、わたしに敬語使わなくていいんですよー！」

　生徒会のメンバーは、わたしを入れて４人。

　いま話しかけてくれた２年生の花森小鞠さん。

　花森さんは、すごく明るくて社交的。

　いつも生徒会の空気を明るくしてくれる、ムードメーカー的な存在。

　生徒会では書記を務めてくれてる。

「あと、小鞠って呼んでくださいよぉ！　わたしはもっと百葉先輩と仲良くなりたいんです！」

　そして、生徒会メンバーはもうひとり。

「おい、小鞠。お前しつこいぞ。更科先輩引いてんのわかれよ」

「むぅ、志那くんは黙っててよー！」

「お前がいつもしつこいくらいアピールしてるから、更科

先輩が迷惑してんだよ」

　花森さんと一緒に生徒会室に入ってきた男の子。

　２年生で会計を務めてくれてる壱瀬志那くん。

　シュッとした顔立ちに、真っ黒の髪はいつもセンター分けにしてる。

　落ち着いてる性格で、面倒見がいいところもあったり。

　あと、かなりの秀才で、会長の推薦で生徒会に入ったみたい。

　なんでも、花森さんと幼なじみらしく、いつも仲が良さそうに生徒会室にやって来る。

「百葉先輩はわたしのこと迷惑とか思ってますか!?」

「う、ううん。えっと、いつも花森さんが明るく話しかけてくれるから、わたしもうれしいよ」

「ほらぁ!!　志那くん聞いた!?」

「更科先輩、別に気使わなくていいんすよ？　うざかったらはっきり言わないと、小鞠はわかんないんで」

「むっ、なんで志那くんそういうこと言うの!!」

「更科先輩は優しいからな。小鞠みたいなじゃじゃ馬の相手もしてくれるんだよ」

「じゃじゃ馬!?　何それ、失礼しちゃう!!」

「ふ、ふたりとも落ち着いて──」

　ど、どうしよう……っ。

　慌ててると、再び生徒会室の扉が静かに開いた。

「みんな、遅れちゃってごめんね」

　そして今やってきたのが、この学園のトップである生徒

会長——神楽昊芭くん。

すっきりした輪郭に、少し明るめのシルバーアッシュの髪色。

スッと通った鼻筋、きれいな肌、大きくてきれいな瞳。

常に口角はあがってるし、雰囲気がとってもやわらかい。

謙虚で気遣いができて、決断力だってある。

人当たりが良くて、みんなに平等に接してる。

誰もが憧れる模範的な生徒であり、"完全無欠の生徒会長"なんて呼ばれるほど。

会長の美しさと人柄が作りだすオーラに、思わず心がくぎづけになっちゃう。

「あー、会長遅いですよぉ！　あとちょっとで遅刻ですからねっ！」

「ごめんね。先生に呼ばれて職員室に行ってたら、こんな時間になっちゃって」

「また先生たちから頼まれごとですかぁ？　会長もいつも大変ですよね。生徒会の仕事もあるのにっ！」

「まあ、それだけ信頼してもらえてるってことかな。もうみんな揃ってるよね？　ごめんね、俺が遅れたせいで時間押しちゃって」

生徒会メンバーがこうして集まるのは週3日。

月、水、金で集まって活動している。

「じゃあ、会長も来たことですし、定例会議始めちゃいましょーう！」

会議の進行は、花森さんが中心。

　おもに学校行事の企画運営とか、各部活動、委員会からの意見をまとめたり、生徒会費の状況を報告したり。

　他にも議題はいろいろあって。

　とくに、生徒会が関わる行事があるときは、その行事の打ち合わせがほとんど。

　わたしは今期から初めて生徒会に入ったので、今年からこの忙しさを経験することになる。

　会長は1年生の頃からずっと生徒会に入っていたから、行事の流れとかにすごく詳しい。

　ほんとに頼りになるというか、会長にふさわしい人だなぁと。

＊　＊　＊

「じゃあ、今日の会議はこれで終わりで！　あとで議事録まとめておきまーす！」

　いつも会議のときは大きなテーブルを使ってる。

　そばにソファがあるので、わたしの隣には花森さんが座ってる。

　テーブルを挟んで、会長と壱瀬くんが座ってる配置。

　会議が終わると、個人の机でそれぞれ仕事をして帰るような流れ。

「ところで、百葉先輩ってコンタクトにはしないんですかぁ？　毎日メガネだし！　それに、髪もいつも低い位置でツインテールか三つ編みですよねー？　おろして巻い

ちゃったらいいのにっ！　ぜったい似合いますよ！」

　わたしがメガネを外さない理由は、顔を隠したいから。

　髪型もふたつで結ぶか、三つ編みしかしない。

　これがいちばん地味で、目立たない格好だから。

「コンタクトにはしない……かな。目が乾燥するし、髪も

おろしてると邪魔だから」

　この理由だってほんと。

　だけどもうひとつ、わたしがひそかに目立たないように

生活を送ってる理由。

　それは……わたしの厄介な身体の問題。

『誘うような反応してるそっちが悪いんじゃねーの？』

『嫌がってる割に身体反応してんじゃん』

『いいよ、拒否する演技とかしなくて』

　あぁ……嫌なこと思い出しちゃった……。

　あんなことがあるまでは、男の子に対しての苦手意識も

なかったのに。

　わたしの身体は異性に対してだけ、触れられると異常に

反応してしまう。

　幼稚園、小学校の頃はそんなことなくて。

　手をつなぐとか、軽く触れるくらいなら平気。

　もちろん、それで日常生活に支障をきたすほどじゃない。

　でも、身体の限られた場所が、わたしは人よりも敏感み

たいで。

　唇や頬……それから首筋とか耳元。

　このあたりに触れられるのが、どうもダメみたいで。

　身体が過剰に反応してしまう。

　中学校のときは、メガネもせずに髪型だって自由に毎日変えてた。

　でも、あるとき……わたしを好きだと言ってくれた男の子に、無理やり迫られたことがあって。

　嫌だって拒否しても、止まってくれなくて。

　身体に触れられるのは気持ち悪くて、精いっぱい抵抗したのに。

　嫌な気持ちと反して、身体が反応するのが気持ち悪くて、すごく嫌で。

　それに、そのとき男の子に言われた。

　誘うような顔してるわたしが悪いって。

　このときは、なんとか隙を見つけて逃げ出せたからよかったけど。

　それ以来、この体質を隠して、なるべく男の子との接触を減らせるように地味な格好をするようになった。

　いまだに男の子への苦手意識は残ったまま。

「百葉先輩ぜったい可愛いのにー！　もったいないですよぉ！」

「あはは……そ、そんなことないよ」

「小鞠、しつこいぞ。更科先輩が引いてんのいい加減わかれよな？」

「百葉先輩笑ってるじゃん！」

「どう見ても笑顔ひきつってるだろうが」

　ほんとにふたりとも仲良し。

　面倒見のいい壱瀬くんと、明るくて真っすぐな花森さんは気が合うんだろうなぁ。

「ははーん、さてはわたしと百葉先輩が仲いいのに嫉妬してるんだっ？」

「はぁ……小鞠の頭ん中が相変わらずお花畑すぎてついていけない。んじゃ、俺は先に帰るから」

「え、ちょっ志那く──」

「会長、更科先輩、お疲れさまでした。お先に失礼します」

「あわわっ、志那くんってばぁ、まってよ！　えっと、わたしもお先に失礼します!!」

　ふたりとも、なんだかんだいつも一緒に帰ってるなぁ。

　ふたりのやり取りを見てると、自然と笑顔になっちゃう。

　さて……わたしはどうしようかな。

　とりあえず、今日やることはぜんぶ終わってるし。

　でも会長はまだ残ってるしなぁ……。

　何かお手伝いできることがあれば、サポートするのがわたしの仕事だから。

「更科さんも帰ってくれて大丈夫だからね」

「え、あ……っ、会長はまだ残られますか？」

「あぁ、俺のことなら気にしないで。もう少ししたら帰る予定だから」

　会長は、ほんとにどこまでも気遣いができて完璧な人。

　きっとまだ帰らないのに、わたしが帰りやすいような雰囲気を作ってくれる。

　でも、やっぱりこのまま帰るのは悪いし……。

「えっと、それじゃあコーヒー淹れます」

　とはいっても、わたしができるのはこれくらい。

「……じゃあ、お言葉に甘えてお願いしようかな」

　わたしが会長のことで唯一知ってること。

　会長はたぶんブラックコーヒーが苦手。

　かといって、甘いのが好みっていうわけでもなさそうで。

「ど、どうぞ。ミルクは少しにしてます」

「ありがとう」

　ミルクは少なめで、少し甘いのが好みなのかなって。

「いつも少し甘めにしてくれるよね。俺、更科さんに言ったことあったかな。ブラックコーヒーが苦手だって」

「あっ、前にブラックコーヒーを出したときに、少し苦そうにしてたので。ミルクをちょっと追加するようにしてて」

「そっか。そんな細かいところまで気遣ってくれてたんだね。いつもありがとう」

「い、いえ。あの、他にお手伝いできることがあれば、遠慮なく言ってください」

「ははっ、ありがとう。あ、俺が引きとめてると、帰るの遅くなっちゃうね」

「ぜ、全然大丈夫です。電車も本数あるので」

「あんまり遅くなると家の人も心配するだろうし。俺のことは気にしなくていいからね」

　会長のほうが、わたしより何倍も気遣いができる人。

「そ、それじゃあ、お先に失礼します」

「うん、お疲れさま。気をつけて帰ってね」

　いつも生徒会の集まりがある日、最後に生徒会室の施錠をするのは会長。

　生徒会メンバーより会長が先に帰る日って、ほとんどないかも。

　もっと力になりたいんだけどな……。

*　*　*

　──翌日。

「なぁ、昊芭一！　この前の数学の課題やってきた？」

「あぁ、それならもうやってあるよ」

「頼む！　その内容俺に教えてくれ!!」

「教えるのはいいけど、丸写しはダメだからね」

　会長とはクラスが同じ。

　席も前後で会長がわたしの前。

　ちなみに、いま会長に話しかけている雪峰葎貴くんがわたしの隣の席。

　自分の席に着くと、わたしに気づいた雪峰くんの目線がこっちに向いた。

「あっ、更科ちゃんおはよー！」

「お、おはよう、です」

　雪峰くんは、いつもこうして挨拶をしてくれるとっても明るい男の子。

　会長と同じように、クラスメイトみんなと仲が良くて、友だちも多い印象。

　会長は誰とでも分け隔てなく接してるけど、その中でも雪峰くんと仲良しなのかな。

　普段からよく話してるような気がするから。

「更科さん、おはよう。昨日はありがとうね」

「あ、おはようございます。会長も遅くまでお疲れさまです」

　わたしがうまく話せないのもあって、なんだかぎこちない……。

　せっかく会長が声をかけてくれたのに。

　もっと自然に話せたらいいのになぁ。

「それにしても、この学園の生徒会長と副会長がこうして並んでるのってすごいよなー」

「葎貴も生徒会入ったらよかったのに。今より気が引き締まると思うよ」

「いやー、俺はそういうの無理だわ！　ってか、向いてないと思うんだよなー。模範的な生徒って、悪いことできねーじゃん？」

「生徒会のメンバーじゃなくても、悪いことはしちゃいけないけどね」

「更科ちゃんさ、昊芭と仕事するの大変っしょ？　ほら、こいつ面白いこと言えないからさー」

　あっ、まさかここでわたしに話が振られるとは。

　こ、こういうときって、なんて返したら……。

「昊芭って普段から真面目だしさ。更科ちゃんも気使っちゃうよねー。まあ、俺は使わないんだけど！」

「葎貴はいつもひとこと余計だよね。更科さん反応に困っ

てるじゃん」

「えー、そうかー？　俺は素直に思ったことをだな──」

「それじゃあ、さっきの課題教えるって話はなかったこと
にしようか」

「え、なんでそうなる!?」

「俺も素直に思ったことを言っただけだよ」

「わー、それはご勘弁を……！　いやー、昊芭ってこの通
りいいヤツだよね！　更科ちゃんもそう思わない？」

「だから、そうやって更科さんを巻き込むのやめなよ。更
科さん、葎貴が言ってることは無視していいからね」

　ここでホームルーム開始のチャイムが鳴った。

　うまく反応できなくて、また会長に気を使わせちゃった
かな。

　もとをたどれば、わたしが男の子に対して苦手意識を
持ってるせい……。

「はーい、それじゃあ今からプリント回すから。記入でき
たら後ろから前にプリント回してねー」

　回ってきたプリントにささっと記入。

　後ろの子から回ってきたプリントを受け取って。

　前に座ってる会長の背中を軽くポンポンすると。

「ありがとう」

　会長がいつもの笑顔で振り返って、わたしの手からプリ
ントを受け取った。

　……はずなんだけど。

　な、なんだろう……会長の視線をすごく感じる。

「更科さん」

「は、は……」

　"はい"って言えなかった。

　だって、会長の顔がさっきよりも近くて。

　会長のきれいな指先が、わたしの手に軽くこすれる程度
に触れて……。

　こんな至近距離で見つめられるの、慣れてなくてどうし
たら……っ。

「ここ、記入漏れてるよ？」

「……え？」

「珍しいね。更科さんが書き忘れちゃうなんて」

「あっ……す、すみません。ありがとうございます、すぐ
に記入します……！」

　はぁ……わたしが変に意識しちゃったせいだ。

　会長は、ただわたしの書き漏れを教えてくれただけ。

　少し目が合って、指が触れたくらいで……過剰に意識し
すぎ。

　……と思ってたんだけど。

　記入が終わって、パッと顔をあげると。

「っ……、か、会長……？」

　さっきと変わらず、会長の顔が結構近い。

　てっきりもう前を向いたと思ってたから、びっくり。

「うん、やっぱり」

「へ……っ」

「プリント前に回しちゃうね」

な、なにが"やっぱり"なんだろう？
それに一瞬、いつもの会長と違うように見えて。
変にドキドキしちゃった……。

＊　＊　＊

　休み時間になると、わたしの席の周りは騒がしくなる。
「なぁ、神楽。今の授業のポイント解説してー」
「あ、俺も！　アイツのわかりにくい授業聞くより、神楽
に解説してもらうほうがよっぽどためになるよなぁ」
　クラスメイトから大人気の会長。
　休み時間、いつも会長の机の周りはクラスメイトに囲ま
れてる。
　やっぱり会長はすごいなぁ。
　男女問わず、みんなから慕われて。
　それに、会長はクラスメイトだけじゃなくて先生からも
信頼が厚い。
　また別の休み時間は。
「神楽ー。悪いが、あとでこれまとめて職員室まで持って
きてもらえるか？」
「わかりました。お昼休みまでにまとめておきますね」
「あぁ、いつもすまんな」
　先生からの頼まれごとを引き受けるのはよくあること。
　そしてお昼休みになると。
「なぁ、昊芭ー。今から学食行こうぜ！　課題教えてくれ

たお礼に好きなものなんでも奢るわ！」
「ありがとう。じゃあ、お言葉に甘えようかな」
　まさに順風満帆な学校生活を送ってる会長。
　みんなに信頼されて憧れの中心でもあり、それでいて真面目で優等生。
　性格だって、ほんとに裏表ないんだろうなぁ。
　そんな会長に裏の顔なんてあるわけない——きっとこれは、みんなが思っていること。

＊　　＊　　＊

　——放課後。
　今日は生徒会の集まりがある曜日。
　個人で持ってる仕事を終わらせたら各自で解散。
「じゃあ、わたしと志那くんはこれで帰ります！　あっ、百葉先輩の机に目を通してほしい資料置いてあるので！　見終わったら会長に回覧お願いしますっ！」
「俺からもひとついいですか。会計の報告書作成終わったんで、またチェックお願いします」
「あっ、了解です。ふたりともお疲れさまです」
　花森さんも壱瀬くんも優秀だから、仕事が早いなぁ。
　わたしも自分の仕事を片づけたら帰ろうかな。
　ちらっと会長のほうを見ると、少し難しい顔をしてタブレットとにらめっこ。
　会長は考え事をするとき、よく口元を手で覆って画面を

集中して見てる。

　でも、わたしが近づくと。

「どうかした？」

　さっきの難しそうな顔はいっさい見せずに、いつもの笑顔に即切り替え。

「あ、えっと、花森さんから回覧を頼まれたものと、壱瀬くんからの報告書を持ってきました」

「あぁ、ありがとう。そこに置いてもらえるかな？　あとで時間を見つけて目を通すね」

　会長の机には分厚いファイルとか、資料がたくさん。

　これぜんぶひとりで処理するのかな。

　会長は、わたしや花森さん、壱瀬くんには適度な仕事量しか振らない。

　きっと、会長なりにそれぞれのキャパを考えてくれてるんだろうけど。

　じゃあ、会長の仕事量は誰が気にしてあげたらいいんだろう……？

「あの、会長？　えっと、お仕事たくさん抱えてない……ですか？　会長をサポートするのもわたしの仕事なので、力不足なところもあるかもですが、もう少し頼ってもらえたらと……」

　ちょっと踏み込みすぎた……かな。

　会長みたいな完璧な人は、わたしなんかの力を借りる必要はないだろうし。

「よ、余計なことだったらすみませ──」

「ありがとう。その気持ちすごくうれしいよ。俺、更科さんにあんまり好かれてないと思ってたからさ」

「へ……？」

「俺が気を使わせてばかりだから、少し距離を置かれてるのかなって」

「す、すみません……。それは、わたしの問題というか、会長に限らず男の子が少し苦手で……」

「そうなんだ。てっきり嫌われてるかと思ったよ」

　ははっと軽く笑ってる様子は、いつもの会長と少しだけ違うように見えた。

　なんだかリラックスしてるような。

「それじゃあ、少し甘えさせてもらおうかな。そこの本棚にある資料取ってもらっていい？」

「あっ、はい！」

　これくらいの高さなら、台がなくてもいけるかな。

　……と思ったら、ちょっと失敗。

　うぅ……あと少しなのに。

　グーンと背伸びして、つま先立ちをしたらあとちょっとで届きそう。

　指先が資料に軽く触れて、ほんとにあと少し。

　——だったのに。

「うわっ、きゃ……っ」

　思ったより資料が重くて、身体のバランスを崩して重心が真後ろに。

　身体がふわっと浮いて、倒れちゃう寸前。

「ぅ……いた……あれ？」

　身体に痛みがなくて、とっさに誰かに抱きとめられたような。

「はぁ……間に合ってよかった」

「え、あっ、会長!?」

　か、会長がわたしの下敷きに……！

　あわわ……どどどどうしよう……！

　わたしがドジしたせいで、会長がケガしたら……！

「更科さん大丈夫？　ケガしてない？」

「ご、ごめんなさい、わたしの不注意で……！　わたしは大丈夫です……っ」

「こちらこそごめんね。ちょっと高いところに置いちゃったの忘れてたよ」

　わたしなんかより、会長のほうが痛いに決まってる。

「か、会長はケガしてないですか……っ？」

　慌てて会長がいるほうに身体をくるっと向けると。

「…………」

　あれ……？　なんでか会長が黙り込んでる。

　おまけに、ちょっと驚いた顔をして。

　じっとわたしの顔を見つめたあと。

「……もうほんとに、どこまで俺の心を乱すの」

　ん……？　いま会長なんて？

　ボソッとつぶやいたから、あんまり聞こえなかった。

「可愛すぎて困ったな」

　あれ……というか、さっきから何か違和感が。

　視界がいつもよりボヤッとしてる。

　それに、結んであるはずの髪が、クシャッとなってほどけてる……？

「あっ、メガネ……」

　さっき倒れた拍子に、外れちゃった……？

　だとしたら今わたし――。

「探してるのはこれかな？」

　会長の手元には、わたしのメガネが。

「あ、それわたしのです……っ」

　手を伸ばして返してもらおうとしたのに。

　会長がわざと、ひょいっとわたしから遠ざけた。

「え……な、なんで」

　普段の優しい会長なら、すんなり返してくれそうなのに。

　もしかして、わたしがドジして転んだことに怒ってる？

　でも、会長はそんなことで怒るような人じゃないだろうし……。

「あのっ、会長――」

「やっぱりね。俺が思ってた通り……いや、想像以上かな」

　いきなりグッと距離を詰めて……すごく至近距離で見つめてくる。

　ちょっと動けば、唇が触れちゃいそうな……。

「ずっと見てたから気づいてたよ。更科さんの素顔がとびきり可愛いってこと」

「へ……？」

　いつもの優しい笑顔の会長は変わらない。

でも、今はなんだか危険で……。

片方の口角をあげて愉しそうな笑み。

「もっと見せて」

「え、あ……ぅ」

ダメ……これ以上触れられたら……っ。

逃げようとしても、会長の手が腰に触れて。

これだけでも、身体が変にゾクゾクしちゃう。

「あぁ、そんな瞳うるうるさせて」

唇をふにっと指で押された瞬間。

「や……ぅ、あっ……」

腰のあたりがピクッと跳ねて、声が我慢できない。

「俺が少し触れただけなのに……甘い声漏れてるね」

「ほ、ほんとにもうこれ以上は……っ」

ただ触れられてるだけなのに、身体が過剰に反応するばかり。

このまま止まってくれなかったら、どうしよう……っ。

これじゃ、前と同じようなことになっちゃう。

迫ってくる会長の身体を押し返すと。

何かに気づいたのか、ピタッと触れるのをやめてくれた。

「少し性急すぎたかな。怖がらせちゃってごめんね」

前に男の子に迫られたときは、わたしが悪いって一方的に責められたけど。

会長はちゃんと止まってくれた。

「やっと更科さんの素顔が見れたのがうれしくて」

わたしの素顔が見れたのがうれしい……？

　それっていったいどういう意味——。

「もともと可愛いのは知ってたけどね」

「え、え？」

「更科さんの気遣いには、いつも助けられてたから。そんな優しい子の素顔が見れてうれしいな」

　今までずっと素顔を隠して過ごしてきて、誰にもバレたことなかった。

　そもそも地味な格好をしてたら、わたしの素顔に興味を持つ人なんていなかったのに。

「ただ強引に迫るのはよくないかなって。ある程度距離感を保ってたつもりだけど……更科さんが可愛すぎるから困ったね」

「か、かわ……？」

「あれ、自覚ないんだ？　それに心配だなぁ。少し触れただけであんな可愛い反応するから」

「あ、あれは……体質のせいで。わたしの身体おかしいんです。異性に対してだけ、触れられると異常に身体が反応してしまって。それが嫌で……極力男の子と関わらないように過ごしてきたんです」

「じゃあ、更科さんの可愛い素顔を知ってるのは俺だけ？」

「仲のいい友達は知ってますけど……。男の子で知ってるのは会長だけ……です」

　正確に言えば、わたしの不注意でバレてしまったが正しいんだけど。

「あのっ、このことは誰にも言わないでほしいです」

　きっと、会長は言いふらしたりするような人じゃない。

　それに、優しい会長なら「そっか。誰にも言わないで黙っておくよ」って言ってくれるはず——。

「じゃあ、誰にも言わない代わりに、更科さんの可愛い素顔もっと見せて」

　ほら、やっぱり会長は理解ある人で——え？

　あれ、いま会長なんて？

「こっちおいで」

「へ……あ、え？」

　ふわっと抱きあげられて、ソファのほうへ。

　会長は相変わらず近い距離でグイグイ迫ってくる。

「か、会長……？」

「俺たぶんそんなに優しくないよ」

「え、え……？」

「更科さんに嫌われたくないから、今は我慢してるけど」

　それにしては、ちょっと距離が近いような。

　でも、さっきちゃんと止まってくれたし。

「き、嫌ったりなんかしません」

「ほんとに？」

「会長のことは人として憧れてますし、すごく信頼してるので」

「うん、なるほどね。俺はまったく恋愛対象として見られてないわけか」

「……？」

「更科さんは体質のことがあって、今まで男との関わりは

避けてたんだよね？」

「そう……ですね。けど、いつかは好きな人と触れ合って、幸せを感じてみたい……とは思います」

　今すぐには無理かもしれないけど。

　いつか自分が心から好きになった人に出会えたら、何か変わるのかなって。

「じゃあ、ちょっと試(ため)してみていい？」

　ほんとに優しく触れるだけ。

　強引さはなくて、無理やり迫ってこようともしない。

　で、でもやっぱり距離が近すぎる……っ。

「ま、まってくださいっ、会長……」

「大丈夫。更科さんの嫌がることはしない」

「っ……？」

「ただ……きもちいいことしかしない。だから、どこが弱いか俺に教えて」

　わざと耳元でささやいて。

　耳たぶを指先で軽く挟んで、親指でゆっくりなぞって。

「そっか、耳も弱いんだね」

「ぅ……」

「唇も頬もダメなのかな？」

「やぅ……」

　触れ方は優しくなぞるだけ。

　耳元に軽くキスが落ちて、過剰に身体が反応しちゃう。

「かい、ちょう……っ」

「ダメだ……。更科さんの反応が可愛すぎる」

　悲しいわけじゃないのに、視界が少し涙でボヤッとにじんでる。

「そのうるんだ瞳……たまらなく可愛い」

　会長の両手が、わたしの両頬を優しく包み込んで……しっかり目が合う。

「更科さんが俺に秘密を教えてくれたから」

「……っ？」

「ひとついいこと教えてあげる」

　危険な笑みを浮かべて。

　わたしの頬に触れながら、指先はゆっくり唇をなぞって。

「俺ね……好きな子は特別に甘やかしたくて、愛したくて仕方ないんだ」

「は、はぁ……」

「だから、自分のそばにいてほしいし、離すつもりもないからね」

　さっきから会長は何を言ってるんだろう？

　なんでわたしにこんなこと話すのかな。

　頭の中がはてなマークでいっぱい。

「今はまだ何もわからないかもしれないけど。俺はこれから遠慮しないよ」

「……？」

「更科さんが嫌がることはしない。ただ、少しずつでいいから、俺だけを特別にしてほしいなぁって」

「特別……」

「今まで誰にも言わなかったことだから。これ、みんなに

は内緒ね？」

　内緒にしなきゃいけないこと……なのかな？

　けど、会長が言うんだから周りには黙ってなきゃ……だよね。

「更科さんにだけ特別に話したことだからね」

「わ、わかりました」

「もちろん、更科さんのことも誰にも言わないって約束するよ」

　人差し指を口元に持ってきて、にこっと笑ってる会長の笑顔はいつもと変わらない。

「……そもそも言うわけないよね。可愛いのは俺だけが知ってたらいいし、他の男に知られたくもないし」

「え……？」

「あぁ、今のは気にしなくていいからね。俺のひとり言だから」

　会長に素顔がバレて心配したけど。

　なんとか秘密は守ってもらえそう……？

「お互い秘密を共有し合ったってことで」

　会長の秘密って、じつはかなり愛情深い人ってことなのかな。

　好きな子は特別に甘やかして愛したいって言ってたし。

「これからもっと仲良くしようね、更科さん」

　なんだかよくわからないけど、会長と秘密を共有してしまいました。

会長はかなり危険な要注意人物。

「あ、あんまり眠れなかった……」

　昨日、わたしが隠していた秘密が会長にバレてしまった。

　会長は言いふらしたりしないってわかってるけど……。

　それよりも気になるのが、会長の距離感。

　前よりちょっと近い……ような気がする。

　気のせい……かな。

＊　＊　＊

　教室に入ると、もうすでに会長は自分の席に。

　いつもと変わらず、雪峰くんと楽しそうに話してる。

「あ、更科ちゃんおはよー！」

「ゆ、雪峰くん。お、おはよう、です」

　真っ先に雪峰くんが気づいて、挨拶してくれた。

　会長はというと……。

「おはよう、更科さん」

「か、会長。おはよう、ございます」

　いつもの優しい雰囲気で笑いかけてくれてる。

　やっぱり昨日は、何か悪い夢でも見て――。

「そのメガネの下の素顔……また俺に見せてね」

「っ!?」

　やっぱり夢じゃなくて現実でした……。

　雪峰くんにも、誰にも聞こえないように耳元でそっとさ
さやかれた。

＊　＊　＊

「と、塔子ちゃんどうしよう……」
「バレちゃったものは仕方ないでしょ」
　お昼休み。
　わたしのことを理解してくれてる友達の星影塔子ちゃん
に、昨日のことを即相談。
「神楽くんなら大丈夫じゃない？　それに、周りには黙っ
ててくれるって約束したんでしょ？」
「う、うん」
「けど、神楽くんってほんとに完璧すぎて、逆になんか裏
ありそうよね」
「うぅ……そんなこと言わないでよぉ」
「神楽くんみたいな普段から笑顔で人当たりがいいタイ
プって、穏やかそうに見られがちだけどさ。裏があるとす
れば、相当ヤバいタイプよね。勝手なイメージだけど、笑
顔でドＳみたいな発言しそうだし」
「そんな人には見えない……けど」
　もしそうだったら、とても危険な人なんじゃ。
「だいたい、百葉の可愛い素顔がバレたってだけじゃない。
そんな落ち込むことないわよ」
　この通り、塔子ちゃんは結構サバサバしてて、言いたい

ことをはっきり言う。

「で、でも会長の距離感がちょっとおかしかった気がして」

「あらま。けど、百葉の嫌がることはしなかったんでしょ？」

「うん……ちゃんと止まってくれた。でも、なんとなくいつもの会長と違って気まずく感じちゃう……」

「まあ、クラスは同じだし生徒会のメンバーだし。関わりを絶（た）つことはほぼ無理よね」

　塔子ちゃんの言う通り。

　どう頑張（がんば）っても避けるのは不可能……。

「うぅ……なんかとんでもない人と秘密の交換（こうかん）しちゃったよぉ……」

「まあ、いいチャンスじゃない？　いつまでも男嫌いじゃ彼氏（かれし）できないわよ？」

「彼氏いらない……」

「何言ってるの。百葉あなた可愛いんだから。素顔隠してるのがもったいないくらいなのに」

　高校生活も残りあと１年。

　平穏（へいおん）に過ごせるはずだったのに。

　どうやら、そう簡単にはいきそうにありません。

＊　＊　＊

「更科さん。今ちょっと手空いてるかしら？」

「どうかしたんですか？」

「いま授業で使ったプリントの回収をお願いしたくて。英

語準備室まで届けてもらえるかしら？」

「あ、わかりました。あとで持っていきます」

「悪いわね。更科さんしか頼めなくて」

「いえ、全然大丈夫です」

　本来なら、教科係の子が集めてくれるんだけど。

　今日はお休みだから仕方ない。

　いま終わった授業が、ちょうど4時間目。

　急いで回収して届けないと、お昼を食べる時間がなくなっちゃう。

　思ったより早く集まったので、急いで英語準備室へ。

　プリントが意外と重たい……。

　慌てると転んじゃいそうなので、なるべく慎重に。

　廊下の角を曲がったところで、偶然人にぶつかってしまった。

「あ、ごめんなさ――」

「俺のほうこそごめんね」

「ひっ、か、会長……」

　なんと偶然にも、ぶつかった相手は会長だった。

　こ、こんなところで遭遇してしまうなんて。

「そんな警戒しなくても、いきなり襲ったりしないよ」

　とか言って、ひょこっと顔を覗き込んで、グイグイ近づいてくる。

　うぅ……両手が塞がってるせいで避けられない……。

「あれ、目つぶっちゃうの？」

「か、会長が近づいてくるからです……っ」

「なんだ、キスしてもいいのかと思っちゃったよ」

「へ……!?」

　会長が変なこと言うから……！

　パチッと目を開けたら、会長の思い通り。

「せっかくだから、もっと俺を見てほしいな」

「む、無理です……っ！」

「俺からのお願い聞いてくれないの？　もっと頼っていいって言ったの更科さんなのに」

「そ、それとこれとは話がまったく別です……！」

　これは確実に会長が意味をはき違えてる……！

「あ、それじゃあ、今は俺が更科さんを助けてあげる番だ？」

「え？」

「それ重たいでしょ？　俺が運ぶよ」

「会長はお忙しいと思うので」

「いいから遠慮しないで。どこに運んだらいいのかな？」

　なんとプリントぜんぶが会長の手に。

　わたしひとりでも大丈夫なのに。

「更科さん？」

「あ、えっと、英語準備室までお願いできますか。わたしも一緒に行きます」

　さすがに会長にぜんぶ任せちゃうのはよくないし。

　こうしてふたりで英語準備室へ。

　無事に先生にプリントを渡して、あとは教室に戻るだけ。

　偶然にも、廊下は誰もいなくて会長とふたりっきり。

　それに、英語準備室は別校舎にあるので、生徒の出入り

があまりない。

「あ、あのっ、会長。ありがとうございました」

「いいえ。困ってる人を助けるのは当然のことだよ」

「あっ、じゃあ、このまま教室に——」

「戻るわけないよね」

「へ……？」

「こっちおいで……更科さん」

　不意に手をつかまれて、そのまま引かれて——空き教室の中へ。

　会長の手によって、扉の鍵がガチャッと閉められた。

「やっとふたりっきりになれたね」

「え、あ……、え？」

　扉にピタッと背中がくっついて。

　両手はなぜか会長につながれて。

　目の前の視界に映るのは、とっても愉しそうに笑ってる会長の顔。

「手伝ってあげたお礼……ちょうだい」

「お、お礼って……？」

「もうね、俺ずっと更科さんとふたりっきりになりたくて」

　や、やっぱり会長がいつもと違うような。

　そもそも、わたしとふたりっきりになりたいってどういうこと？

　はっ……もしかして、わたしが会長の秘密をばらすのを心配してる……？

「か、会長が愛情深い人だっていう秘密は、誰にも言わな

いです！」

「俺が愛情深い？」

「えっ、だって昨日そのことを秘密にしてほしいって」

　会長はなぜかキョトンとしてる。

　あれ、わたし何か変なこと言ったかな……!?

「ははっ、そっかそっか。まあ、たしかに間違ってはいないけど、ただし好きな子限定かな」

「っ……！　あ、あのっ、少し近い……です」

　わたしの髪にそっと触れながら、真っすぐ見てくる。

　距離が近いのは変わらない。

「少しだけダメ？　更科さんがほんとに嫌ならしない」

「っ……」

　胸のあたりがくすぐられるような変な感覚。

　それに、会長のお願いの仕方もずるい。

　ダメって強く言えない。

「ちょっとだけ……」

「ん？」

「ちょっとならいい……です」

　控えめに会長を見ると、すごくうれしそうに笑ってて。

　その笑顔に、なぜか胸のあたりが少しざわっとした。

「……じゃあ、ちょっとだけね」

「やっ、メガネ……っ」

「ふたりっきりだからいいでしょ……？」

　スッとメガネを外されて、とっさに下を向いたけど。

「……ダーメ。ちゃんと俺に見せて」

「ぅ……やっ。見ないで、ください……っ」

　顎のあたりに会長の指先が触れて、簡単にクイッとあげられちゃう。

「はぁ……その困り顔たまらなく可愛いね」

　耳元でささやいて、軽く耳たぶにキスをして。

　顎に添えられた手は、ちょっとずつ頬を撫でたり唇に触れてきたり。

「やっぱり唇がいちばん弱いんだね」

「んっ……ふぁ」

「少し指で触れて押しただけなのに」

　親指でグッと押されて。

　下唇をふにふにされて、ちょっとずつ口があいちゃう。

「可愛い……もっと見たくなるなぁ」

「ぅ……やぁ……」

　結んでいた髪も、会長の手によってほどかれて。

　さらっとサイドの髪が流れてくる。

「ねぇ、ほらもっと可愛い顔見せて」

「っ……ぅ」

　両頬が会長の手で包まれて、しっかり目線が絡む。

　逃げようとして少し顎を引いても。

「そんな可愛いことして。上目遣いになって、もっと可愛いことになってるよ？」

「っ……」

　見つめられて、触れられて。

　慣れないことにいろいろ限界で、瞳がうるうるしてき

ちゃう。

「百葉ちゃん……可愛い」

「やっ、名前……っ」

「名前がどうしたの?」

「呼ばないで、ください……っ」

　耳元でささやかれるのもダメだけど。

　下の名前で呼ばれるの、慣れてなくて身体が変にゾクゾクしちゃう……。

「百葉ちゃん」

「やぁ……っ」

「下の名前で呼ばれるのも弱いんだ?」

　甘くて低い声が耳元に落ちて。

「ふぇ……っ?」

「その声、俺のこと煽（あお）ってるの気づいてる?」

　あっ……どうしよう。

　会長の瞳が、いつもより余裕（よゆう）なさそう……っ。

「指で触れただけでこんな反応するならさ」

「んんっ……」

「……キスしたときはどうなるのかな」

　唇が触れそうで触れない……絶妙（ぜつみょう）な距離。

　さすがの会長もこれ以上は……。

「少しだけ……試してもいい?」

「へ……っ」

　フッと笑った会長の顔が見えたのは一瞬。

　唇の真横スレスレ……。

　ふわっとやわらかい感触(かんしょく)が落ちてきた。
「ちゃんと唇は外したよ」
「っ……！」
「いつか百葉ちゃんの唇ちょうだいね」
　やっぱり会長は、どこまでも甘くて危険で……要注意人物です。

ミスしても怒らない会長。

「……もは、せんぱい……」

「…………」

「百葉せんぱーい」

「…………」

「百葉先輩！　わたしの声聞こえてますかぁ？」

「……はっ。あ、花森さん？」

「そうですよぉ！　ずっと呼んでたのに、百葉先輩ボーッとしてて！　先週の定例会議の議事録書いたので、また目通してほしいです！」

「あ、了解です」

「あと、来週に各委員会の代表生徒が集まって報告会があると思うんですけど。そのときに使う資料のデータって、百葉先輩が持ってましたっけ？」

「それなら、わたしがデータ保管してるので」

「じゃあ、予備も合わせて30部印刷お願いしてもいいですかっ？　もし、百葉先輩が忙しかったら手伝うので、いつでも声かけてくださいっ！」

　忘れないように付箋に書いて貼っておかないと。

　これは計画的にやっておけば、そんなに大変な仕事じゃないし。

　わたしひとりでも大丈夫そう。

＊　＊　＊

　そして1週間後。

　花森さんに頼まれていた資料をぜんぶ印刷して、まとめ
てすべて綴じ終わった。

　よし、これでオッケーかな。

　結構印刷量が多いから、それをぜんぶ順番通りに綴じて
まとめて……という繰り返しの作業は地味に大変。

　これ以外にも生徒会の仕事はあるので、1日にぜんぶや
らずに、日にちを分けてやって正解だったなぁ。

　最後に念のため、資料を1部パラパラッとめくって
チェックしてると。

　あれ……。これ1年前の日付になってる……？

　ふと、右上に書かれた日付を見て思わずフリーズ。

　も、もしかして……間違えて去年の資料を印刷しちゃっ
た……!?

　資料をぜんぶ確認したら、すべて去年のもの。

　や、やってしまった……。

　去年の資料なんて、当然使えるわけもなく……。

　よりにもよって、明日の委員会は放課後じゃなくて朝、
授業が始まる前にやることになってる。

　となると、今からでも残って準備しないと間に合わない
んじゃ……。

　1部で15枚プリントして綴じてあるから……。

　それをまたぜんぶ印刷して、30部綴じなきゃいけない

なんて。

　時計の針は、すでに夕方の6時過ぎを指してる。

　これはわたしのミスだから、花森さんや壱瀬くんを頼る
わけにはいかないし。

　かといって、これを今からひとりでやるのは……。

　うぅ……どうしよう。

「百葉先輩？　どうかしましたっ？」

「え、あっ……ううん。少しボーッとしてて」

「百葉先輩はまだ帰らないですか？　もし百葉先輩のほう
で何か仕事残ってるなら、わたしと志那くんで手伝います
よ！」

　花森さんも壱瀬くんも、とてもいい子だから。

　わたしがミスしたって言ったら、一緒に残って手伝って
くれると思う。

　でも……。

「えっと、もう少しだけ残ろうかなと思ってて。あっ、で
もすぐに終わるから。ふたりともそれぞれ仕事終わらせて
るし、先に帰ってもらって大丈夫だよ」

「そうですかー！　あまり無理しちゃダメですよっ？」

「も、もちろん。それじゃあ、花森さんも壱瀬くんもお疲
れさま」

　せっかく気を使ってくれたのに。

　やっぱりふたりを頼るのが申し訳なくて……。

　くよくよしても仕方ない。

　わたしのミスなんだから。

　会長はいつも通り、まだ残ってるし。

　なんとしても会長より早く終わらせないと──って頑張ってみたものの。

「百葉ちゃんはまだ帰らないの？」

　もちろん、終わるわけもなく。

　わたしがいつまでも帰らないのを不自然に思ったのか、会長が声をかけてきた。

「えっと……あと少しで帰ります！」

「へぇ、具体的にどれくらい？」

　ギクッ……。

　どうして今日に限って、そんな細かく聞いてくるの……。

「15分くらい……でしょうか」

「そう。じゃあ、俺がいつも生徒会室の施錠をしてるから待ってるよ」

「い、いえいえ、大丈夫です……！　今日はわたしが施錠して帰ります」

「いいよ、遠慮しなくて」

　うぅ、なぜ引き下がってくれないの……！

「す、すみません。15分は嘘です……」

「だろうね。さっき花森さんが帰るときも、すぐに終わるって言ってたのに、全然終わってなさそうだもんね」

　ギクリ……。

　もしや、会長にはすべてお見通しなんじゃ。

「何があったのか言ってごらん。俺も手伝うから」

「う、や……何もないです」

「俺は百葉ちゃんの作業が終わるまで帰らないからね」

「うっ……それは困ります」

　これは、わたしがどれだけ言い訳を並べてもぜんぶ見透かされそう……。

　ここは、はっきりミスしたことを言うしかないかな。

「じゃあ、何があったか言って」

　結局、会長にはかなわず……明日使う資料の印刷を間違えて、最初から作り直してると伝えると。

「もっと早く言ってくれたら、俺も手伝えたのに」

「黙っててすみませんでした。でも、これはわたしのミスなので……！」

「だから誰にも頼らずに、ひとりでやるの？」

　コクッとうなずくと、会長は少し深いため息をついて。

「ひとりで頑張るのもいいけど、加減ってものがあるよね。それを俺に教えてくれたのは百葉ちゃんでしょ？」

　わたしの頭を軽くポンポンしながら。

「百葉ちゃんさ、俺に言ったこと忘れたの？　仕事で大変だったら頼ってくださいって言ったの百葉ちゃんだよ？」

「そ、それは、会長の仕事量が多いからで……！」

「それは今の百葉ちゃんにも言えるんじゃない？」

「うぬ……うぅ……」

「百葉ちゃんは人に言う前に、自分が実行しないとね」

　まさに会長の言う通り……。

「百葉ちゃんのことだから、みんなに迷惑かけたくないって気持ちが強いんだろうけど。他のメンバーふたりも、事

情を話したらぜったい手を貸してくれたと思うよ。百葉
ちゃんのことすごく慕ってるし」

　花森さんは気遣って声をかけてくれた。

　きっと、ふたりにこのことを話せば、嫌な顔せずに手伝っ
てくれたと思う。

　ただ、わたしが迷惑かもしれないって思う気持ちが強す
ぎて、ふたりを頼れなかった。

「百葉ちゃんだって、もしふたりが仕事で何か失敗しちゃっ
たら、助けたいって思うでしょ？」

「お、思います……」

「困ったときはお互い様だよ。百葉ちゃんは、もう少し他
人に甘えることを覚えようね」

　怒られるかもって思ってたのに、こんな優しい言葉をか
けてくれるなんて。

　おまけに、一緒に残って作業を手伝ってくれようとまで
してる。

「よし、今から残ってる分ふたりで片づけちゃおうか」

「会長が帰るの遅くなっちゃいます……」

「遅くなったら、百葉ちゃんとここに泊まるからいいよ」

「え!?」

「もしそうなったら、もちろん百葉ちゃんは俺に好き放題
にされちゃうけどね」

「っ!?」

「そうなりたくなかったら、早く進めようね」

　こうして残りの作業を会長とふたりで進めることに。

　すべて印刷は終わって、順番に並び替えて流れ作業のように綴じていく。

「あの、会長」

「ん、どうしたの？」

「どうして、わたしがミスしたのわかったんですか？」

「普段の百葉ちゃんの様子と違ったから、すぐわかったよ。急に血相変えて固まってたし」

「そ、そんなにわかりやすかったですか……」

「うん、俺はすぐにわかったけど」

「うぅ……申し訳ないです。わたしのせいで、会長にこんな時間まで残ってもらって……」

「いいよ、気にしなくて。それよりも、百葉ちゃんがこんな遅くにひとりで残ってるほうが心配」

　盛大に迷惑をかけてしまって、本当に申し訳ない気持ちでいっぱい……。

　本来なら、こんな事務仕事は会長がやらなくてもいいことなのに。

「これが終わったら家まで送るからね」

「え!?　そ、それは大丈夫です！　さすがにそこまでしてもらうのは……」

「いま何時だと思ってるの？　こんな時間に女の子ひとり歩かせるわけにいかないでしょ？　もし万が一、誰かに襲われたらどうするの？」

「うぅ、でも……会長の帰る時間がさらに遅くなっちゃいます」

「俺のことは気にしなくていいの」

　こうして会長のおかげで、資料はすべて無事完成。

　帰る時間がだいぶ遅くなってしまったけど、会長はわたしを家まで送り届けてくれた。

　翌日、会長の家の最寄り駅がどこなのか聞いたところ。

　なんとわたしの家と真反対の駅だった。

　つまり、わたしを送り届けるということは、かなり遠回りになる。

　会長はそれをいっさいわたしには言わなくて。

　そういうところを見せないのが……会長の優しい一面でもあるってことに気がついた。

かばってくれる優しい会長。

　もうすぐ期末テストが迫ってきた6月。

　テスト1週間前ということもあって、放課後はみんな教室に残って勉強をしてる。

　いちおうテスト期間中は、生徒会の集まりはなしになってる。

　職員室に呼ばれて、先生の話を聞いていたら帰る時間が少し遅くなっちゃった。

　カバンを取りに教室に戻ると。

「はぁぁ……もうテスト勉強とかやってらんねー！　ついこの前中間が終わったばっかなのに、もう期末とかどうなってんだよー……」

「葎貴は勉強する気がないなら、帰ったほうがいいんじゃない？」

「昊芭ー、お前そんな冷たいこと言うなよー」

　会長と雪峰くんが、教室に残って勉強してるよう。

「勉強を教えてほしいって頼んだのは葎貴でしょ。勉強する気がないなら俺は帰るよ」

「わー、まてまて！　俺はお前に見捨てられたら、赤点コースまっしぐらなんだよ！」

「うん。じゃあ、そのまま突き進んでいったらいいんじゃない？」

「まて、それは冷たすぎる！　期末で赤点＝夏休み補習コー

スなんだぞ！」

「いいんじゃない？　夏休みも勉強できる機会がもらえる
なんて」

「お前は真面目か！　夏休みに勉強するために登校なんて
したくないだろ！」

「補習になったら仕方ないんじゃない？」

「だからー、ならないように勉強するんだよ！」

「じゃあ、おとなしく問題集に取り組んだらどう？」

「くっ……昊芭、お前にはやっぱりかなわな——あっ、更
科ちゃんだー」

　声かけられちゃった。

　会長との会話が楽しそうだから、わたしには気づかない
と思ったけど。

「更科ちゃんはテスト勉強してるー？」

「あっ、えぇっと少しずつは……」

「葎貴は何あたりまえなこと聞いてるの。更科さんは計画
的に勉強してるに決まってるでしょ」

「だよな、だよなー。更科ちゃんいつも上位だもんねー。
うらやましい限りだよー」

　それを言うなら、会長のほうがすごいと思う。

　1年生の頃からずっとトップをキープしてるから。

「あ、そうだ！　更科ちゃんもさ、よかったら俺たちと勉
強しない？」

　ま、まさかのお誘い……。

「ほら、男だけだとつまんないしさー。更科ちゃんがいて

くれたら、空気がふわふわしそうじゃん！」

　雪峰くんすごくキラキラした瞳で見てる……。

　こ、これは断れない……かも。

「ねっ、更科ちゃんお願い！」

「う……わ、わかりました」

　こうして会長と雪峰くんと3人で勉強することに。

　わたしはひとりで課題でもやろうかな。

　……と思ったら。

「ねーね、更科ちゃん。ここの問題教えて」

「えっ、わたしですか？　会長に聞いたほうがわかりやすいんじゃ……」

「せっかくだから、更科ちゃんに教えてほしいなーって」

「うぬ……わかりました。あまり教えるのは得意じゃないけど頑張ります」

　普段勉強はひとりでやってるし、人に教えることがあまりないから。

　自分で理解するのは簡単だけど、それを人に教えるって難しい。

「やっぱ更科ちゃん頭良いねー！　解説めっちゃわかりやすかったよ！」

「よ、よかったです。お役に立てて」

　それからしばらく問題を解いたり、雪峰くんがわからないところを説明したり。

　人に教えてると、あらたなことに気づけたりする。

　説明をしてるときに、自分がつまずいたり、うまく答え

られなかった場合。

　自分がそれを理解できてなかったんだなぁ……と。

　理解したつもりになってるのに気づけるから、自分のためにもなる。

「ってかさ、更科ちゃんって髪めっちゃきれいだよね！」

「へ？」

「ほら、なんか艶（つや）っぽいっていうの？　きれいな黒髪だなーって！」

　雪峰くんの指先が、わたしの毛先に軽く触れて。

　指でクルクル巻いて遊んでる。

「メガネも外せばいいのにー。髪とかもさ、ポニーテールにしてみるとかどう！」

「うぇ……あ、えぇっと」

　ど、どどどうしよう。

　何気（なにげ）に雪峰くん顔近いし、メガネ取られちゃいそう。

「ねっ、今だけ特別にメガネ取ってさ──」

「葎貴。話が勉強から脱線（だっせん）してるよ」

　今までずっと黙ってた会長が、助け舟を出してくれた。

「えー、少しはよくね？　俺さ、更科ちゃんの素顔見たことないから気になってんだよね！　ぜったい可愛いじゃん？　ほら、近くで見ると瞳とか大きく──いてて！」

「それ以上更科さんに近づくの禁止」

「お、お前いま本気で殴（なぐ）ろうとしただろ!?」

「葎貴が更科さんに馴（な）れ馴れしいから」

　会長がほんとに軽く、雪峰くんの頭をポンッと叩（たた）いてた。

　痛そうには見えなかったけど、雪峰くんが痛いってアピールしてる。

「昊芭怒ってんの？」

「どうして？」

「顔笑ってるけど、目の奥が笑ってねーよ？」

「さあ。どうだろう」

　た、たしかに。

　いつも通り笑顔だけど、なんかちょっとひきつってる？

「黒いオーラが見えてんの気のせい？」

「気のせいじゃなかったら、それは葎貴のせいだよね」

「えー、うわまじか！」

「とにかくこれ以上俺の機嫌を損ねないように、勉強に集中しようね」

　あ、なるほど。

　会長がちょっと不機嫌そうだったのは、勉強から話がそれちゃったからかな。

　わたしも集中しないと。

＊　＊　＊

　そして無事に期末テストが終了。

　放課後、たまに雪峰くんに誘われて会長と3人、教室に残って勉強することもしばしば。

　期末テストの結果は、上位30人の名前が貼り出される。

　トップに名前があるのはいつも会長。

　わたしは今回も2位。

　会長はやっぱりすごいなぁ。

　自分の勉強をしながら、クラスメイトの勉強を見てあげたり。

　テストの結果を確認して、教室に戻ろうとしたとき。

　廊下の角を曲がろうとしたら。

　偶然、女の子ふたり組の会話が耳に入ってきた。

「他クラスの子が見たらしいんだけど。最近神楽くんと雪峰くんと更科さんが、一緒に勉強してたらしいよ」

　急に自分の名前が出てきて、ドキッとした。

「えー、何その珍しい組み合わせ。神楽くんと雪峰くんは仲良いからわかるけどさ。更科さんはなんで？」

「いや、ほんとそれ。更科さん＝地味子ちゃんって感じだしさ。神楽くんと雪峰くんは女子みんなの憧れの的じゃん？　そもそも住む世界が違うのに、なんで3人一緒なんだろうね？」

　そっか……。

　会長も雪峰くんも女の子に人気だから。

　そんなふたりと一緒にいたら、よく思われない……よね。

「更科さんってさ、真面目だけが取り柄って感じだよね〜。彼氏とかいたことなさそう〜」

「たしかに。あんな地味で冴えない見た目じゃ無理だよね」

　こうやって言われるのは慣れてるはずだけど。

　自分がいないところで、こうして偶然聞いちゃうとやっぱり少し傷つく。

　この姿でいるのは自分で決めたことだから、傷つく資格もないんだけれど……。

　思わずスカートの裾をキュッと握って、その場から離れようとしたら。

「真面目な子、俺はすごく好きだけどなぁ」

　聞き慣れた声が耳に飛び込んできた。

　この声は会長……？

「神楽くん優しい〜。でも、地味な子相手にするの大変じゃない？　会話とか弾まなさそうだし〜」

「そうかな。更科さん少し人見知りなだけで、話すと結構楽しいよ？」

「それは神楽くんが優しいからで〜。たしか更科さんって生徒会にも入ってたよね？　あんな地味子ちゃんと常に一緒とか可哀想〜」

「神楽くんなんであんな子かまったりするの？　最近、放課後も一緒に勉強してたみたいだし」

「もしかして地味な子が好みとかぁ？」

「えー、それはショックすぎ。みんなの憧れの神楽くんが地味子ちゃん選んだら、みんなびっくりしちゃうよ〜」

　ど、どうしよう……。

　わたしのことは、どれだけ言ってもらっても構わないけれど。

　会長がわたしのせいでいろいろ言われるのは、違う気がする。

「さっきから更科さんのこと地味子って呼んでるけど。彼

女のどこが地味なのかな」

「え～、どう見たって地味じゃん。メガネとか髪型とか冴えないし、いつも暗いし」

「俺からしたら、全然地味に見えないけどね」

「神楽くんは優しすぎなんだって。それに、別に更科さんここにいないから何言ってもいいじゃん」

「俺は別に優しくないよ。 ただ思ってることを素直に言ってるだけ」

　女の子たちが、どれだけわたしを悪く言っても、会長はぜったいそれに同調しない。

　むしろかばってくれてる。

「彼女は生徒会の仕事もしっかりこなしてくれるし、ミスも少ないし。俺はすごく助かってるんだ。真面目な彼女だからこそ、任せられる仕事でもあるしね」

　会長……そんなふうに見ててくれたんだ。

「それと、人を見た目だけで判断するのはよくないんじゃないかな。もしこの会話を更科さんが聞いていたら傷つくと思うし。人の容姿については、その人にもいろいろ悩みがあったりするだろうからさ」

　わたしの素顔や秘密を知ってても、それを周りの誰かに言いふらしたりもせずに。

　さらっと、こういうこと言える会長はほんとにすごい。

　わたしだったら、言われっぱなしだろうから。

「機会があれば、更科さんと話してみるといいかもね。それで彼女の良さがわかるだろうから」

　なんで会長は、ここまで言ってくれるの……？

　今までずっと、こんなこと言ってくれた人いなかった。

　見た目だけで地味だとか暗いとか言われ放題で。

　会長みたいに、はっきり言ってくれる人は、はじめて。

「少しでもいいから、更科さんに対する見方（みかた）を変えてみたら、彼女のいいところも見えてくるんじゃないかな？」

　会長は本心でかばってくれたのかな。

　だとしたら、なんでここまでわたしに──。

「あれ。なんだ、百葉ちゃんいたの？」

「っ!?」

　変わらず廊下の隅（すみ）で突っ立ってると、気づいたら会長がこっちに来てた。

「偶然だね。こんなところで会うなんて」

「あっ、えっと……さっきの話……」

「あぁ、あれなら無視していいよ。百葉ちゃんが気にすることじゃないから」

「す、すみません……わたしのせいで」

「どうして百葉ちゃんが謝るの？」

「だって、わたしのことかばってくれて……」

「俺が百葉ちゃんに対して思ってることを言っただけだよ。だから、他人がとやかく言うことは気にしないこと。見てる人はちゃんと見てるから」

　優しく頭をポンポンされて、胸のあたりがあたたかくなった。

「あ、ありがとうございます……っ」

「じゃあ、今から俺と愉しいことしよっか？」

「え……っ？」

　あれ……。このまま感動的な流れで終わるはずじゃ。

　な、なんで会長すごく危険な顔して笑ってるの……？

「ほら、こっちおいで」

「きゃっ……」

　薄暗くて、廊下の死角になるところ。

　会長に抱きしめられて、身動きが取れないまま。

「俺ね、百葉ちゃんに怒ってるんだよ？」

「え、どうして、ですか……っ？」

　控えめに会長を見つめると、にこっと笑って。

　顎をクイッとあげられて、じっと見つめたまま。

　会長の顔がすごく近い……っ。

「あっ……髪ほどいちゃ……っ」

「大丈夫。俺が可愛い百葉ちゃんを隠してあげるから」

　結んでいた髪がシュルッとほどかれて。

　サイドを流れる髪を、会長の指先がすくいあげて耳に
そっとかけてくる。

「この前……葎貴に髪触らせてたでしょ」

「あ、あれは……っ」

「俺の目の前で見せつけるなんて……百葉ちゃんいい度胸
してるね」

　髪をすくいあげて、そのまま髪にキスを落としながら。

「ダメでしょ。俺以外の男の前で油断しちゃ」

「っ……、会長……止まって、ください……っ」

「俺ね、嫉妬してたんだよ。百葉ちゃんの素顔を知ってる
のも、触れていいのも俺だけじゃないの？」

　甘い……甘いささやき。

　それに、触れてくる指先が唇とか頬とか焦らすように撫
でてくる。

「俺以外の男に触らせないで。俺が嫉妬でおかしくなって
もいいの？」

「んっ、やぁ……」

「そんな可愛い声出しちゃダメ。誰かに聞かれたらどうす
るの？」

「んんっ……」

　会長の大きな手で口元を覆われて。

　なんとか声を抑えたいのに。

「あぁ、ほらたまんないね……その可愛い顔」

「耳は……っ、ぅ……」

　触れてくる指先も、耳にかかる甘い吐息も……ぜんぶ誘
うように惑わせてくるから。

「もっとさ、百葉ちゃんの弱いところ俺に教えて」

「ひぁ……っ」

　スカートの中に手が入ってきて。

　太もものあたりを撫でたり、軽く押したり。

「ここきもちいいんだ？」

「っ、ぅ……」

　内もものところ……少し撫でられただけなのに。

「嫌なら抵抗して。ちゃんと抑えるから」

　今まで感じたことないくらいの刺激で、身体がすごく反応しちゃう。

「俺以外の男は知らないもんね。百葉ちゃんがこんな甘い声で……こんな可愛い顔するなんて」

「ふっ……ぅ」

「声我慢してるのも可愛いね。でも、そうやって我慢してるの見ると……イジワルしたくなっちゃうなぁ」

　さっきまでの優しい会長はどこかへいって。

　危険なスイッチが入った甘い会長しかいない。

「百葉ちゃん、ここ弱いの？　素直な百葉ちゃんもとびきり可愛いね」

「っ、もうほんとに……これ以上は……っ」

「きもちよくて限界？」

　コクッとうなずいて、控えめに会長を見つめると。

「その上目遣い逆効果だよ？　もしかして、もっとしてほしくて煽ってるの？」

　ぜんぶの刺激が一気に強くなって。

　ついに身体が限界を超えてしまったようで。

　脚にうまく力が入らなくて、へにゃっとその場に崩れそうになると。

「……っと。きもちよくて力抜けちゃった？」

「ぅ……会長がイジワルするからです……っ」

「百葉ちゃんだって感じてたでしょ」

「うぅ……それ言わないでください……っ」

　会長に支えられてないと、今はうまく立てない。

　ギュッて抱きしめられたまま。

　会長の手が絶妙に際どい腰のあたりに触れてる。

「しばらくこうしてよっか？」

「も、もう触るのはダメ……です」

「うん。じゃあ、ちゃんと我慢する。でも、いつか俺も我慢できなくなるかもね」

「な、なっ……ぅ」

「俺ね、百葉ちゃんにしか興奮しないみたい」

「っ……!?」

　ま、また、とんでもないことをさらっと……！

　片方の口角をあげて、とても危険に笑いながら。

「これからもっと……百葉ちゃんの可愛いところ俺に見せてね」

　やっぱり会長は、想像よりもずっと危険。

☆
☆
☆
☆

第2章

会長は甘くて策略的。

　もうすぐ夏休みを迎える7月上旬。

　今日はどうやら、ホームルームの時間を使って席替えをするみたい。

　クラスの代表の子が、まとめ役で進行していくんだけど。

　本来ならクジ引きの予定だったのが。

　女の子たちが、ものすごい盛り上がってるようで。

「席はクジ引きじゃなくて自由でいいじゃん！　だとしたら、わたし神楽くんの隣がいい〜！」

「それならわたしも!!」

「あっ、ずるい！　わたしも神楽くんの近くがいいのにっ！」

　会長の隣の席が争奪戦になってる……。

　クラス内のほとんどの女の子が、会長か雪峰くんの隣がいいって揉め始めちゃってる。

「神楽くんたちの人気すごいわね。これはしばらく決まらなさそうね」

「わたしは塔子ちゃんと近くだったらうれしいなぁ」

「あら、可愛いこと言ってくれるじゃない。わたしも百葉と近くだったらうれしいわ」

　わたしと塔子ちゃんは、女の子たちが盛り上がってる様子を少し遠めから観察中。

「ってか、勝手に盛り上がってる人たちは放っておいて、

わたしたちだけでもいいから先に席決めたいわよね」

　塔子ちゃんは、会長や雪峰くんにまったく興味がないから、女の子たちの争いを見て呆れてる。

　話がなかなか進まないので、代表の子がクジ引きで再度説得しようとしてるっぽいけど。

「クジ引きだったら運頼みになっちゃうし！　確率だって低そうだからわたしは反対！」

「わたしも自由に選ぶほうがいい〜！」

「でもそれだと決まらないよね〜。みんな神楽くんの近くがいいって言うし」

　女の子みんな譲れないのか、バチバチの雰囲気のまま。

　またしても話が進まないかと思いきや。

「俺はクジ引きに賛成かな。このままだと時間が押して、席替え自体がなくなるかもしれないよ？」

　会長のひと声というのは、かなり強力なパワーを持ってるようで。

　あんなにクジ引き反対派の子が多かったのに、みんなころっと賛成派に。

「それじゃあ、クジは俺が作るから。順番に引いていくことにしようか」

　恐るべし会長のひと声……。

　塔子ちゃんも、これにはびっくりしたようで。

「神楽くんすごいわね。あれだけ騒がしかったのを一瞬でおとなしくさせるなんて。さすがだわ」

「ほ、ほんとに会長のパワーすごいね」

　女の子たちみんな、クジを引くときの目がものすごく燃えてる……。

　誰が会長の隣になっても恨みっこなしだって。

　わたしと塔子ちゃんは、最後のほうに回ってきたので余りクジ。

　クジに書かれた数字と、ホワイトボードに書いてある番号を照らし合わせ。

　女の子はみんな会長の近くを狙ってるけど。

「あー、わたし神楽くんと離れてる!!」

「わたしも外れたぁ……」

「ってか、神楽くんの隣って誰!?」

　す、すごい盛り上がってるなぁ……。

　わたしも早いところ自分の席を確認しちゃおう。

　えっと、わたしの席は……あっ、いちばん後ろの席だ。

　窓側の列の隣。

「あ、俺の隣は更科さんだね」

「え?」

「これからよろしくね」

「……!?」

　ん?　んんん!?

　な、なんで会長がわたしの隣に!?

　ちゃっかり窓側のいちばん後ろの席に会長が。

「すごい偶然だね。まさか隣同士になるなんて」

「え、え……!?　な、なんでわたしなんでしょうか！?」

　会長の隣になりたい子あんなにたくさんいたのに。

　なぜわたしが!?

「それは更科さんが俺の隣のクジを引いたからだよ」

「うぅ……そ、そんな……」

　自分は無関係だと思ってたし、確率的にぜったいありえ
ないと思ってたら。

　まさかのまさか……。

「おっ、俺更科ちゃんの近くだー！　げっ、昊芭が後ろか
よ！」

　そしてなんと雪峰くんまで近くという……。

　恨みっこなしって話だったけど、めちゃくちゃ恨まれそ
うな席なのですが……！

　……と思ったら。

「なーんだ、神楽くんの隣は更科さんか～」

「まあ、更科さんならいっか～！　神楽くんに興味なさそ
うだし」

「たしかに～。逆に更科さんでよかったかもね」

　なんと女子の皆さんの争いが、丸く収(おさ)まったようです。

　ちなみに、すごくラッキーなことにわたしの前の席が塔
子ちゃんだった。

　つまり雪峰くんの隣は塔子ちゃん。

　でも、まさかこんなことあるんだなぁと。

　偶然にも会長の隣の席のクジを引いてしまうなんて。

　こうして席替えが終了して、次は数学の授業。

　何気なく準備してると。

「あっ、教科書忘れちゃったなぁ」

　隣からそんな声が聞こえてきた。

　恐る恐る会長のほうを見ると。

　バチッと目が合いまして。

「更科さん、ごめんね。俺数学の教科書忘れたみたい。よかったら一緒に見てもいいかな？」

　会長が忘れ物するなんて珍しい。

　机をくっつけることになったのはいいけど。

「あ、あの……ちょっと近くないですか……っ！」

「そうかな。俺目が悪くてね」

　会長がこれでもかってくらい近づいてくるのです。

　お互いの肩がピタッと触れるくらい。

　それに、ちょっと横を向いたらすごく近くに会長の顔があって。

「更科さん」

「な、なんで……しょうか」

　話しかけられても、前を向いたまま答えると。

「どうして俺のほう見てくれないのかな」

「か、会長が近いから……です」

　わたしが横を向いてしまえば、簡単に会長との距離がゼロになっちゃいそうな。

　それくらい会長がわたしに近づいてるから。

「じゃあ、こっち向くようにイジワルしていいの？」

　みんなに聞こえないように……耳元でボソッとささやいてきて。

　机の上にある会長の手が、そっとわたしの左手に触れた。

「っ……！　な、なんですか……っ」

「静かにしないと周りにバレちゃうよ？」

　い、いま授業中なのに……！

　そんなのお構いなしで、会長の甘い体温が手に伝わって
くる。

　手をギュッて握ったり。

　指でふにふに触れてきたり。

　ただ手に触れられてるだけなのに……。

「……可愛い。俺にイジワルされて顔真っ赤にして」

「っ……」

「授業中なのに、百葉ちゃんはイケナイ子だね」

　みんなに聞こえないように……耳元でささやいて。

　ダメって意味を込めて、キリッと睨んでも。

「可愛すぎてキスしたくなるね」

　会長の甘い顔は崩れることを知らず。

＊　＊　＊

　放課後、今日は生徒会がある日。

　いつも通り集合して、仕事を終わらせたらあっという間
に帰る時間に。

　花森さんと壱瀬くんは、相変わらず仕事が早いのでもう
帰ってしまった。

　なので、生徒会室に残ってるのはわたしと会長だけ。

　会長はソファでノートパソコンとにらめっこ中。

　コーヒー淹れたほうがいいかな。

　ちらっと様子をうかがってると。

「百葉ちゃん、こっちおいで」

　偶然なのか目が合って、何やら手招きしてる。

　少し距離をあけて近づくと。

「今ふたりっきりなんだから……もっと俺の近くおいでよ」

「きゃっ……」

　軽く手を引っ張られて、会長の真横にストンッと座らせられた。

「まだ俺の近くにいるの慣れない？　もっと肩の力抜いてくれていいのに」

「ぅ……会長の距離感がおかしいんですよぉ……」

「どこが？　こうして百葉ちゃんに触れたいだけなのに」

「ダメ、ですよ……っ。ここ生徒会室です」

「うん。生徒会室で内緒でイチャイチャするのなんかいいよね」

「よ、よくないです……！　誰か入ってきたらどうするんですか……！」

「安心して。さっき鍵かけておいたから」

　い、いつの間に。

　つまり、今ここはふたりっきりで簡単な密室空間。

　ちっとも安心できそうにないのですが……！

「それにしても、席替えで百葉ちゃんが俺の隣の席になるなんてね。これって運命かな？」

「偶然かと思います」

「ふっ、偶然にしてはかなりの確率だよね」

　あれ……あれれ。

　なんだか会長の笑みが、ものすごく悪いことしてるように見えるのですが。

　そういえば、クジを作ってたの会長だっけ？

「ま、まさかクジに何か細工したんじゃ」

　相変わらずにこにこ笑顔のまま。

「百葉ちゃんが俺の隣の席になるためなら……ね？」

　笑い方がもはや何かを仕組んだようにしか見えません。

「さ、策略的すぎです……！」

「なんとでも言って。俺はこういう男だから」

　さらに危険なスイッチが入った会長は。

「百葉ちゃん俺の上に乗ってみよっか」

「う、上って……」

「こうやって……ほら、俺の首に腕回してごらん」

「うぅ……なんですか、この体勢……っ」

　グイグイ腕を引かれて。

　会長の上に、わたしがまたがって乗ってる恥ずかしい体勢に。

　目線を少し下に落とせば、すぐそばに会長の整った顔が。

「……近いね。でも、もっと顔近づけてほしいなぁ」

「唇あたっちゃいます……っ」

　会長の手が後頭部のあたりに回ってる。

　クスクス笑いながら、わたしを見つめてとらえたまま離してくれない。

「百葉ちゃんはわかってないなぁ。その顔ますますそそられるのに」

「んっ……唇は触っちゃ……う」

　甘い吐息がかかる距離で、会長の指先が唇に触れて。

　強く押してきたり、ふにふにしたり。

「敏感な百葉ちゃんも可愛いね。俺が触れるといつも甘い声出してくれるから」

「ぅ……っ」

「でも、ほんとに嫌なときは教えてね。すぐやめるから」

　会長はいつもそう。

　こうやって触れるとき、わたしのことを気にしてくれる。

　強引に迫ってきたりしないし、わたしが嫌って言ったらぜったい止まってくれると思う。

　わたしもほんとに嫌だったら、もっと拒否してるはずなのに。

「もっと触ってもいい？」

「っ……」

　恥ずかしい気持ちはあるけど、触れられるのが嫌とかではなくて。

　控えめにコクッとうなずくと。

「……百葉ちゃんそれ無自覚なの？」

「ふへ……？」

「可愛すぎて俺の心臓もう大変」

　危険な笑みを浮かべたまま。

　わたしの制服のリボンに指をかけた。

「えっ、あ……リボン……」

「邪魔だからほどいちゃった」

　ほどかれたリボンが、ひらひらとソファの上に落ちて。

　ブラウスのボタンにも指をかけて、上からひとつずつ外してる。

「ま、まって、ください……っ」

「これ以上はダメ?」

「っ、恥ずかし……くて」

　首筋のあたりが露わになって。

　体勢も恥ずかしいし、いつもより肌が見えすぎて耐えられない……っ。

「百葉ちゃんの肌ってさ、きれいで真っ白だよね」

「ん……っ」

「指先でちょっと触れただけなのに感じちゃった?」

　首筋から鎖骨のあたりをツーッとなぞられて。

　肌に直接触れられたところが、ジンッと熱くなる。

「噛み痕残したら真っ赤に残るだろうね」

「ひぁ……舐めちゃ……ぅ」

　会長の熱い舌が肌に触れるのむり……っ。

　これだけで身体にものすごい刺激が走って。

「身体すごく反応してるね?」

「ん……やぁ」

「あんまり動くと噛んだとき痛いかもよ」

　さっきから首筋に甘いキスがたくさん落ちて。

　焦らすように舐めたり、チュッと軽く吸いついたり。

「ほら……だんだん力抜けてきた」

「く、首にキスは……ぅ……っ」

「もうやめる？　百葉ちゃんが嫌なら我慢する」

「い、嫌って……わけじゃ……っ」

　会長の唇や舌が肌に触れるたびに、腰のあたりがピリピリして。

　身体がビクッと大きく反応しちゃう。

「百葉ちゃんの素直な身体……俺すごく好きだよ」

「や……っ。好きって言っちゃ……ぅ」

　さんざん首筋に刺激を与えられて、瞳に涙がたまる。

「瞳うるうるさせて困ってる顔……やっぱ可愛いなぁ」

「……やぅ」

「その顔されると、めちゃくちゃ興奮しちゃうね」

　力が入らなくて、ふらっと後ろに倒れそうになると。

「……っと。きもちよすぎて力入らなくなっちゃった？」

　背中に会長の手が回ってきて、グッと抱き寄せられた。

　そのまま少し乱れた息を整えてると。

　会長がそっと耳元で。

「この体勢さ……地味にエロいよね」

　指先でツーッとわたしの背中をなぞりながら。

「百葉ちゃんのやわらかい身体が、こんなしっかり密着してるんだよ？」

「そ、そんな強く抱きしめちゃ……っ」

「変な気起こらないわけないよね」

「っ……」

「もちろん加減はするけど。こんな可愛い百葉ちゃんがそ
ばにいたら……理性なんかあてにならないよ」

　甘くて策略的な会長には、やっぱりかないません。

会長のほんとの顔って？

　もうすぐ夏休みに入る頃。

　いつもとなんら変わらず、駅から学校を目指して歩いてると。

　学校の門の近くで、泣いてる小学生の女の子がいて。

「えっ、だ、大丈夫……!?」

　心配になって思わず駆け寄ると、膝のあたりをすりむいちゃってる。

「えっと、ケガしたのかな？」

「うぅ……痛いの……っ。さっき転んで、お友達にも置いていかれちゃって……っ」

　な、なるほど。

　周りには誰もいないし。

　ケガしてるから放っておけない。

　まだ少し時間に余裕あるし。

　とりあえず、この子を助けるのを優先しなきゃ。

「転んだの痛かったね。えっと、お姉ちゃん絆創膏持ってるから、ケガの手当てしようね」

　ティッシュで軽く傷口を拭いて、応急処置で絆創膏を貼ってあげた。

「他に痛いところはある？」

「ううん……大丈夫」

　ちょっとずつ涙も止まってよかった。

　でも、このままひとりだと不安だよね。

　お友達も先に学校に行っちゃったみたいだし。

「じゃあ、お姉ちゃんと一緒に学校行こっか！」

「え……いいの？」

「うんっ。ちゃんと学校まで送り届けるから安心してね！」

「お姉ちゃんは学校いいの……？」

「ぜ、全然大丈夫だよ！　わたしのことは心配しないで！」

　ちらっと時計を見ると、始業のチャイムが鳴るまであと
５分。

　ここで、この子と別れて向かえばなんとか遅刻は免れる
けど……。

　でも、そんなことできないしなぁ……。

　こうして女の子を小学校まで送り届けてから、自分も学
校へ向かったんだけれど。

　うわぁ……門のところに生活指導の先生が立ってる。

　遅刻の生徒を指導するために、ほぼ毎朝先生がチェック
してるんだよなぁ……。

　生活指導の先生は結構厳しくて、正当な理由がなく遅刻
をすると反省文を書くことが決まりになってる。

　しかも、わたしの学校では生徒会に入ってる役員は、原
則遅刻などは許されない。

「あら、更科さんが遅刻なんて珍しいわね」

「す、すみません……遅れてしまって」

「電車が遅延したのかしら？　遅延証明書があれば、遅刻
は免除になるけれど」

「い、いえ……。電車は遅延していないです。すみません
でした。以後気をつけるようにします」

「更科さんは生徒会に入ってるんだから、みんなのお手本
になるような生徒になってもらわないと」

　あの場で、女の子を助けたことは間違ってなかったと思
うし……。

　ここはわたしが我慢すれば――。

「お話し中のところすみません。更科さんがどうかしたん
ですか？」

　え……なんで会長がここに？

「あぁ、神楽くん。いえね、更科さんが遅刻してきたから
注意をしていたのよ」

　どうしよう……。

　わたしのせいで、会長まで何か言われてしまったら。

「もしかしたら、何か事情があったんじゃないでしょうか？
俺は普段更科さんと生徒会で一緒に仕事をしていますが、
彼女はとても時間にきっちりしているので」

　会長は何も事情を知らないはずなのに。

　もしこれで、わたしに何も理由がなかったら、会長も先
生から責められてしまうのに。

「更科さん。何か理由があるなら話してみて。俺は何か理
由があるとしか思えないからさ」

「あ、えっと、学校の近くで泣いている小学生の子がいて。
ケガをしていたので、手当てをして小学校まで送り届けて
いたら、この時間になってしまいました」

　きちんと事実を言ったけど、先生はなんだか納得していなさそう。

「そうなのね。けど、最近嘘をつく生徒が多いから」

「俺はその話、本当だと思いますよ。まず更科さんが嘘をつくと思えないので。これは俺が日々生徒会で一緒に仕事をしているからわかることです」

　会長がわたしをかばうように目の前に立って、そう言ってくれた。

「そうねぇ。神楽くんがそこまで言うなら。更科さんも疑ってごめんなさいね」

「あ、いえ。わたしも今後は気をつけます」

　最近気づいたこと。

　会長はいつもわたしのことを見てくれて、守ってくれる。

　前にクラスメイトから陰で悪く言われたときも、かばうような言葉をかけてくれた。

　外見ですべてを判断せずに、内面や性格をよく理解してくれて……。

　あの場の空気が悪くならないように、言葉も選んでくれてたと思う。

　今回のことだって、会長は何も関係ないからスルーしちゃえばすむ問題なのに。

　わざわざ話に入ってきてくれて、こうして弁明までしてくれた。

「あ、あのっ、会長……」

「ん？　どうかした？」

「かばってくださって、ありがとうございました」

「いいえ。よかったね、遅刻免除されて」

「で、でも、会長はどうしてわたしのこと疑わなかったんですか?」

　言い訳だって疑われそうなのに。

　会長は嘘をついたとか疑いもせず、迷わずはっきり言ってくれた。

「俺は百葉ちゃんのことちゃんと見てるつもりだよ?　真面目でしっかりしてて、嘘をつけない真っすぐな子なんだろうなぁってね」

「っ……、会長だけです。そんな言葉かけてくれるの」

「俺は百葉ちゃんの思いやりがある優しいところ、すごく好きだよ」

　会長のあたたかい言葉が、胸にじわっと染みる。

　今までこんな言葉をかけてくれた人、あんまりいなかったから。

　誰も見ていないようなところを、会長はきちんと見てくれてる。

　それに気づいてもらえたのが、心のどこかでうれしくて。

　同時に会長の言葉で、少しだけ心臓がドキドキ速く音を立てた。

＊　＊　＊

「んー、もう!　夏休み前の最終日……生徒会メンバーで

草むしりって先生たち鬼ですかぁ……!!」

　夏休み前、最後の登校日。

　本来なら、午前中の終業式だけで帰れるはずだったんだけれど。

「しかもめちゃくちゃ暑いし!! こんな炎天下で草むしりしてたら、丸焦げになること間違いなし!!」

「小鞠は口より手を動かせ」

「志那くんに言われたくなぁい!」

「俺は小鞠より動かしてる。ほら見ろ。もうこれだけ雑草抜いたからな」

「ふーん、そんなの自慢にならないもんね!」

　じつは、生徒会メンバー４人で中庭の手入れを頼まれてしまい……。

　暑い中、お水をまいたり、雑草を抜いたり。

　中庭は結構広いので、４人でやってもなかなか終わりそうになくて。

「百葉せんぱーい! もうこんな暑いの嫌ですよね! 紫外線はお肌の大敵ですよぉ!」

「た、たしかに花森さん肌白いもんね」

「百葉先輩も真っ白じゃないですかぁ! ほら、ほっぺもやわらかーい!」

「ひゃっ……」

「わっ、今の百葉先輩の声かわいー!! ね、志那くん聞いてた!?」

「お前の声がうるさすぎて、まったく聞こえなかったけど」

「むぅ、ひどい！　今ね、百葉先輩すごい可愛い声で──」

「花森さん。更科さんと仲良しなのはいいけど、あんまりベタベタしないようにね」

「ひっ……な、なんか会長怒ってます!?」

「別に怒ってないよ。ただ、あんまり更科さんに引っ付いてると、そのうち怒っちゃうかもね」

「えー、どうしてですかっ？　はっ、もしかして……わたしに百葉先輩を取られちゃうのやだとか!?」

「……さあ。どうだろうね」

　ま、またそんな誤解を招きそうな言い方……。

　花森さんは、さっきより瞳をキラキラさせて。

「えー!!　なんですか、今の意味ありげな感じ！」

「……小鞠、お前うるさいぞ。太陽に負けないくらい暑苦しいのどうにかしろよ」

「もうっ、志那くんは黙ってて!!」

　こんな感じで4人で作業をして、ようやく最後に全体に水をまいて終了……のはずだったんだけど。

「あわわっ、きゃ……っ！」

　わたしがホースを思いっきり踏んで、後ろからストンッと転んでしまい……。

　おまけに。

「どぇぇぇ！　百葉先輩、大丈夫ですか!?」

「うっ……大丈夫……かな」

「いやいや、どこがですか!?　転んでるし、なんか濡れてますよ!?」

　ホースから出てる水をかぶってしまい、顔とか髪とか服が濡れてしまった。

　うぅ……ついてない。

　体操服にちゃんと着替えればよかった。

　制服が濡れてしまって、着替えがないからどうしよう。

　それに、足を少しひねったみたいで痛いし……。

「会長、大変です!!　百葉先輩が——」

　花森さんが呼ぶ前に。

　会長が慌ててこちらに来てくれたのが見えて。

「百葉ちゃん、大丈夫?」

　心配そうにわたしの名前を呼びながら、ギュッと抱きしめてくれた。

「え、あっ……会長……ふ、ふたりが見てます、よ」

　呼び方だって、ふたりの前なのに"百葉ちゃん"になってるし。

「そんなの今はどうでもいいよ。それより百葉ちゃんのほうが心配」

　さらに強く抱きしめられて、わたしは会長の腕の中で動けないまま。

「ケガしたでしょ?」

「少し、だけ……です」

「百葉ちゃんは嘘つくのが下手だね。俺にごまかしが通用すると思った?」

「うぅ……ほんとに少し足をひねっただけで」

「でも痛みがあるんでしょ?」

「転んだ直後なので痛いのかな……と」

「それにさ、そんな格好……俺以外に見せちゃダメだよ」

「え……？　格好って──」

「ふたりとも悪いけど、先生への報告任せてもいいかな。俺はこのまま更科さんを連れて保健室に行くから」

　うっ……わたしが最後のところで、迷惑をかけてしまった……。

　そのまま会長にお姫様抱っこされて、この場を離れるかと思えば。

「あと、壱瀬くん。更科さんのことあんまり見てないよね？」

「見てませんよ。更科先輩が転んでから、会長がすごい目で俺のこと睨んでたんで」

「あれ。俺そんなに怖い顔してたかな」

「それはもうめちゃくちゃ怖かったですよ。更科先輩を見るなって、顔に思いっきり書いてありましたから」

「ははっ、そっか。それじゃ、あとのことはよろしくね」

　こうして会長に抱っこされたまま、中庭を出て保健室へ。

「あの、会長……？　わたしひとりで歩けますよ？」

「歩けたとしてもダメでしょ。いま百葉ちゃん危ない格好してるの気づいてる？」

「危ない格好……？」

　はて……。

　今わたしは普通に制服を着てるだけで、どこが危ないんだろう？

「ほら自覚してない。百葉ちゃんのそういう鈍感なところ、

心配になるし放っておけない」

「え、えっ？」

　なぜか会長がムッとして、ちょっと拗ねてる。

　わたしのせいで機嫌悪くなっちゃったのかな。

「ちゃんと制服見なよ」

「……？」

「ブラウスの中……薄っすら透けてるよ」

「っ……!?」

　え、あっ、え……!?

　会長に言われるまで全然気づかなかった……！

「やっぱり気づいてなかったんだ」

「うぅ……す、すみません……っ」

「ダメでしょ。俺以外の男の前で、そんな無防備な姿見せ
ちゃ」

「会長しか見てなかったですよ……？」

「あの場に壱瀬くんもいたけど」

「い、壱瀬くんは後輩ですし……」

「そんなの関係ないでしょ。彼だって男だよ」

　会長の顔がゆっくり近づいてきて……おでこがコツンと
ぶつかった。

「百葉ちゃんが無防備な姿見せていいのは俺だけ。ちゃん
と覚えておいて」

「っ……」

　ちょっと不満そうで、さっきよりもムッとしてて。

　会長がこんな顔するの珍しい。

それに……最近わたしの心臓がちょっとおかしい。

会長のそばにいると、鼓動がトクトク速くなる。

この感じなんだろう……？

*　*　*

「ほんとに、わたしひとりで帰れるので……！」

「ダメだよ。足首のところ結構腫れてたでしょ」

「うっ、でも先生も一時的に腫れてるだけかもって」

　あのあと、保健室で養護教諭の先生に手当てをしてもらった。

　ちょっと腫れがひどかったので、湿布を貼ってもらって、包帯を巻いてもらった。

　腫れや痛みが今よりひどくなるようだったら、病院に行くようにって。

　──で、ケガの手当てを終えて、ひとりで帰るはずだったんだけれど。

　会長が家まで送ると言ってくれて。

　断ったけど会長は聞いてくれず……。

　しかも、会長はとても過保護。

　歩くの禁止って言われて、わたしはいま会長におんぶされてるわけです。

「百葉ちゃんは無理して大丈夫って言う癖があるから」

「こ、今回はほんとに大丈夫ですよ」

「俺にはもっと甘えてくれたらいいのに」

　会長の背中は、すごく大きくてあたたかい。

　普段こんなふうに触れることがないから、わからなかったけど。

　それに力があって、筋肉だってあって……わたしとは違う——男の子なんだ。

「会長に甘えるなんて……そんなおこがましいことできません」

「俺からのお願いなのに？」

「む、むりですよ……っ。今おんぶしてもらってるのも、恥ずかしくて……っ。おろしてほしいです」

「おとなしくしてないと変なところ触るよ」

「へ、変なところ……!?」

「たとえば百葉ちゃんの太もも——」

「わわっ、わかりました！　ちゃんとおとなしくしてます……っ！」

　結局、会長にうまく丸め込まれちゃう。

　でも、わたしをおんぶして歩くのつらくないかな。

「お、重くないですか……？」

「むしろ軽すぎて驚いてるよ。もっと俺に身体あずけてくれていいのに」

　首だけくるっとこっちに向けて、ばっちり目が合った。

「今よりもっと百葉ちゃんが頼ってくれたら……俺はうれしいかな」

　やっぱり、胸の奥がどこか騒がしいのはどうして……？

「あと……俺からもうひとつお願いしていい？」

「な、なんでしょう」

「俺のこと会長って呼ぶんじゃなくて、名前で呼んでほしいなぁ。ちなみに俺の名前ちゃんと知ってる？」

「もちろんです」

「じゃあ、呼んでみて。苗字でもいいから」

「……い、いきなりは難しいです」

　今までずっと会長って呼ぶのに慣れてるから。

「それじゃあ、百葉ちゃんが呼びたいって思ったときに呼んで。俺はそれまで気長に待ってるから」

　いつか呼べる日が来る……のかな。

会長とデート、不意打ちのキス。

　ただいま絶賛夏休み中の 8 月。

　今日は生徒会の集まりがある日。

　夏休み中も、生徒会の集まりがあって何度か学校には来ていた。

「はぁぁぁ……本来ならわたしたちも夏休みなのに!! どうして生徒会の集まりはあるのぉ……！」

「仕方ないだろ。仕事があるなら、それを終わらせて帰ればいいだけの話だしな」

「志那くんは真面目だね」

「小鞠が不真面目なんだろうが」

「むぅ、仕事はきちんと終わらせてるもんねっ！ ですよねー、百葉先輩っ！」

「へ……あっ、うん。花森さんは、いつも仕事が早くて助かってるよ」

「ほら～、百葉先輩もこう言ってるし！」

「更科先輩、こいつに気使わなくていいですよ。ってか、ほめるとすぐ調子乗るんで」

「志那くんは、ふた言くらい余計なんだよぉ！」

　花森さんと壱瀬くんは、変わらず仲良しだなぁ。

　幼なじみの距離感って、なんだか楽しそう。

「はっ、そういえば！ 百葉先輩って甘いもの好きですかぁ？」

「好き……かな」

「じゃあ、よかったらこれどうぞ！　スイーツビュッフェのチケットです！」

　かなり有名なホテルの名前が書いてある。

　たしかここって、予約を取りたくてもなかなか取れないって噂で聞いたような。

「せっかく予約が取れたんですけど、友達と全然予定が合わなくて期限が近づいてきちゃったんで！　普段お世話になってる百葉先輩にあげます！」

「え、ええ、そんな。せっかく花森さんが楽しみにしてたのに……」

「行けなくてチケット無駄になるのもったいないじゃないですかっ！　２枚あるので、よかったら誰か誘ってください〜！」

　だ、誰かと言われても。

　塔子ちゃん甘いもの苦手だし。

　わたし友達が少ないから、塔子ちゃん以外一緒に行ける子がいない──。

「あっ、そうだ！　会長とかどうですかっ？」

「え、ええ!?　な、なんで会長!?」

「最近いい感じじゃないですかぁ？　せっかくなんで、ふたりで出かけてみるのありですよね！」

「え、いや、え!?」

「はい、決まりです！　わたしが会長誘ってきますね〜！」

「ちょ、ちょっ、花森さ──」

「会長～!!　今週の日曜日とか暇ですかぁ？」

　あぁぁ、待って止まって花森さん……!!

「今週？　暇だけど、どうかした？」

「百葉先輩とデートしませんっ？」

　デ、デート!?

　なんで話がそんな大きくなってるの……!?

　しかも、会長めちゃくちゃ笑顔でこっち見てるし……！

「更科さんとデートかぁ。楽しそうだね」

「ですよねっ！　じゃあ、会長にこのチケット渡しておくので！　百葉先輩とふたりで楽しんできてくださーい！」

　な、なんで断ってくれないのですか会長……。

　貴重な日曜日を、わたしと過ごすことになるんですよ。

　花森さんと壱瀬くんが帰ったあと。

「か、会長。どうして花森さんからの話、断らなかったんですか？」

「断る理由がないからだよ。百葉ちゃんとデートしてみたいし」

「だ、だからぁ……これはデートとは呼びません……！」

「ふたりっきりで出かけるのに？」

「会長は行きたい人と行かれたほうが……」

「うん、だから百葉ちゃんがいいんだよ」

「雪峰くんとのほうがいいと思います」

「ははっ、百葉ちゃん面白いこと言うね。何が楽しくて、男ふたりでスイーツビュッフェに行かなきゃいけないのかな？」

「わたしと行くより、雪峰くんと行ったほうが楽しいです、間違いなく」

「それはないね。百葉ちゃんはそんなに俺とデートしたくないの？」

「い、いや……だから、これはデートではなく……」

「デートしてくれないなら、これからもっとたくさん百葉ちゃんに甘いイジワルしちゃうよ？」

「ひっ……笑顔が怖いです……！」

「デートしてくれるよね？」

「…………」

「今すぐ百葉ちゃんのこと押し倒しちゃおうかな」

「し、します……」

　そんなわたしが嫌がることはしないと思うけど。

　でも断ったら大変なことになりそう。

「楽しみだね、百葉ちゃんの私服」

「過度な期待はよくないです」

　こうして日曜日、会長とデートが決まりました。

*　*　*

　日曜日の前日の夜。

　いちおう明日って約束だけど、会長からは何も連絡なし。

　場所も集合時間も何も決まってない。

　もしかして、明日のこと忘れてるとか？

　会長忙しいだろうし、その可能性高いかも……！

「うんっ、これは忘れてるに違いない！」

　そうなったら、明日の準備は何もしなくていいし！

　よしっ、今日はこのまま寝ちゃおう。

　この日は何も準備をせずに、早めに眠りについた。

　そして迎えた翌朝——。

「ちょ、ちょっと百葉!?」

　何やら部屋の外が騒がしい……。

　今わたしを呼んだのはお母さん。

　何か慌ててる……？

　お母さんが勢いよくわたしの部屋に飛び込んできた。

「も、百葉!!　大変よ、王子様があなたのこと迎えに来てるわ!!」

「お、王子様？」

　なぜかものすごくハイテンションなお母さん。

「今日デートなんですって!?　百葉のこと迎えに来ましたって！　すごくかっこいい子じゃない!!　丁寧に自己紹介までしてくれてねっ！」

　デート……？　デート!?

　ま、まさか……!!

　慌てて部屋を飛び出して、玄関に向かうと。

「あ、百葉ちゃんおはよ。あれ、まだ部屋着だ？」

「な、ななんんで会長がうちに!?」

　なんとびっくり、玄関先に私服の会長が。

「家まで迎えに行くねって、昨日の夜メッセージ送ったよ？」

「えっ!?　み、見てないです!」

　よりにもよって、昨日は早く寝ちゃったし。

「それよりも、百葉ちゃん部屋着も可愛いね。もしかして寝起き?」

「びっくりして飛び起きてきたところです……」

　ま、まさか家に来ちゃうとは……。

　おまけに、お母さんにはいろいろ誤解されてそうだし。

「神楽くん、ごめんなさいね〜!　百葉ったら今まで寝てたみたいで!」

「あぁ、いえ。寝起きの可愛い百葉ちゃんを見れて、俺も幸せです」

「まあ〜、なんて素敵な子なのっ!!　百葉の支度が終わるまで、よかったらあがってちょうだい〜!」

「えっ、ちょっ、お母さん!?」

「こんなところでお待たせするのも悪いでしょう?　ほら、神楽くん遠慮しないでね〜!」

「じゃあ、お言葉に甘えて。お邪魔します」

　会長が家に来てしまった＝逃げ場なし。

　ハイテンションなお母さんと、会長を一緒にしておくのは危険すぎる……!

　こうなったら、早く準備してここから出なければ……!

「あわわっ、何を着よう……っ」

　急いでクローゼットを開けて、パッと目に飛び込んできたもの。

　黒の丸襟で、千鳥柄のグレーのワンピース。

　髪型はハーフアップでいいかな。

　メガネはなしで、コンタクト。

　あとはリップを軽く塗るくらい。

「お、お待たせしました」

　猛スピードで支度を終えてリビングへ。

「可愛い……すごく可愛いね」

「っ!?」

「あらっ、やだ～。百葉よかったじゃない！」

　お母さんの前だっていうのに、会長はアクセル全開。

　こ、このままだとまずい……！

「か、会長！　早く行きましょう！」

「あぁ、そんなに早く俺とふたりになりたいの？　百葉ちゃん可愛いなぁ」

　会長の背中を押して、なんとか家を脱出。

「な、なんで家に来ちゃうんですかぁ……」

「せっかくだから、お母さんに挨拶しておこうと思ってね」

「あ、挨拶？」

「百葉ちゃんの彼氏ですって」

「っ!?　か、彼氏!?」

「あれ、違った？」

「違うどころか、いつからわたしの彼氏になったんですか!?」

「まあ、細かいことは気にせずにね」

　これは家に帰ったら、お母さんに質問攻めされること間違いなし……。

「それよりさ……今日の百葉ちゃんもっと可愛いね」

「へ……？」

「私服姿とか新鮮だし。それに今日はメガネじゃないんだ？」

　会長が、ひょこっと顔を覗き込んでくる。

「休みの日はいつもこんな感じなので」

「そっか。じゃあ、今日はずっと俺が可愛い百葉ちゃんを独占できちゃうね」

「っ!?　あのっ、手……っ」

　左手がスッと取られて、つながれた。

「デートだから、つなぐものでしょ？」

「は、恥ずかしいです……」

「いつももっと恥ずかしいことしてるのに？」

「し、してません……！」

　こんな調子で、1日会長と一緒なんて大丈夫かな。

＊　＊　＊

「ここのホテルで合ってるんでしょうか」

「そうだね。さあ、いこっか」

　噂には聞いてたけど、ものすごい高級そうなホテル。

　なんだかとんでもない場所に来てしまったような。

　というか、わたしだけ場違い感すごくないかな。

　今さらながら、心配になってきた……。

「わたしこんなに高そうなところ来たことないです……」

「まあ、ホテルってこんな感じの雰囲気だからね」

　会長は、はじめて来たとは思えないくらい余裕そう。

　しかもびっくりしたのが。

「そ、昊芭様!?　本日はご予約か何かありましたでしょうか!?」

　ホテルの人が、会長を見るなり驚いた様子で駆け寄ってきてる。

「あ、いや今日は会食とかじゃなくて、彼女とデートなんです」

「では個室をご用意いたしましょうか？」

　こ、個室……!?

　いきなり来たのに、そんなすんなり取ってもらえるものなの……!?

「うーん、どうしようかな。百葉ちゃんはどうしたい？」

「え、あっ、えっと……」

「じゃあ、個室はまた今度食事するときにしよっか。今日は、このスイーツビュッフェ目当てで来たんですけど、会場に案内してもらうことはできますか？」

「承知いたしました。ご案内いたしますね」

　こうして、会場まで案内してもらえることに。

　しかも案内してもらえた席は、窓側でとてもいい場所。

「百葉ちゃんは飲み物どうする？」

「あっ、紅茶にします」

「じゃあ、俺はコーヒーにしようかな」

　やっぱり、こういう場所って慣れなくて緊張しちゃう。

　でも、会長がスマートにぜんぶ対応してくれる。

「あの、会長はこういうところよく来るんでしょうか」

「あー、父さんが会食で使ってるホテルでね。俺もたまに顔を出すくらいだよ」

　そ、そうなんだ。

　それにしても、ホテルの人がわざわざ声をかけにくるって、かなりすごいことなんじゃ。

「ほら、百葉ちゃん。これに好きなだけケーキとか取っておいで」

　さっきテーブルに案内してもらうときに、さらっと見たけど。

　ケーキの種類が多くて、他にも焼き菓子とかフルーツとかもあったりして。

「えっと、会長の分も取ってきましょうか？」

「俺のはいいよ。まずは百葉ちゃんが選んでおいで」

　お言葉に甘えてケーキを取りにいくことに。

　……なったんだけど。

　席から立ち上がった瞬間、足にピリッとした痛みが。

　さっき電車を降りたときから、少し足に違和感があった。

　靴擦れ……かな。

　足の指先と、かかとのあたりがヒリヒリする。

「百葉ちゃん？　どうかした？」

「あっ、なんでもないです！　取りにいってきますね！」

　せっかくだから楽しまないと。

　足が痛いなんて言ったら、会長が心配しちゃうだろうし。

　小さめのケーキがズラッと並んでる。

　た、たくさん取りたいけど、あんまり欲張りすぎるのよくないよね。

　見栄えを気にしつつ、ケーキと焼き菓子をいくつか取ってテーブルに戻った。

「あれ、それだけでいいの？　百葉ちゃん甘いの好きでしょ？」

「あんまり食い意地を張るのはよくないかなぁと」

　あれ、そういえば会長は何か取ってきたのかな。

　ちらっと見ると、真っ白の大きなお皿に、小さなショートケーキひとつ。

　それにミルクを入れたコーヒーを飲んでるだけで。

「会長って、甘いものそんなに得意じゃないですよね？」

「まあ、そんなにかな」

「す、すみません。なんだかわたしだけ楽しんでるみたいで……」

「謝ることないよ。俺はこうして百葉ちゃんとデートできてることがうれしいから」

　ま、またそんな心臓に悪いことを……っ。

　なんともなさそうに言うのが、会長のずるいところ。

　わたしがパクパク食べ進めてる間も、会長はにこにこ笑顔でこっちを見てる。

「あのっ、そんなに見られると緊張します……っ」

「だって、百葉ちゃんが可愛いから。俺のことは気にしなくていいよ」

「そう言われても気になるものです」

「百葉ちゃんは、いちいち可愛いから困っちゃうね」

「うぅ……。わ、わたしケーキ取ってきます……！」

　会長の目が気になるばかり。

　逃げるように、お皿を持って立ち上がろうとしたら。

「いいよ、俺が取ってきてあげる」

「え、えっ？」

　手からお皿を奪われてしまった。

　何が起きたのか理解できず固まってると。

「百葉ちゃん俺に隠してることあるでしょ？」

「隠してること、ですか？」

「そう。もしくは我慢してること」

　も、もしかして……いや、そんなまさか。

　ぜったい気づかれないように、普通にしてたのに。

「足痛いんじゃない？」

「な、なんで……ですか」

「百葉ちゃん見てたらわかるよ。少し歩きにくそうにして
たし、靴擦れでもしたのかなって」

　わたし何も言ってないのに。

　極力、表情にも出さないようにしてたのに。

　会長はぜんぶ見抜いてしまうんだ。

「か、会長はエスパーですか？」

「ははっ、百葉ちゃん限定かな。百葉ちゃんのことなら、
なんでもお見通しだよ？」

「うまく隠してたつもりだったんですけど……」

「どんな些細なことでも、百葉ちゃんのことなら気づく自
信あるよ。俺のことあんまり甘く見ないことだね」

「うっ……会長が無敵すぎます」

「お褒めの言葉ありがとう。それじゃあ、俺が取ってくる
から百葉ちゃんは座っててね」

　わたしの少しの変化にも気づいてくれるなんて。

　会長はとっても優しくて、ほんとにすごい。

　しかも、わたしはどのケーキが食べたいって言ってない
のに。

「百葉ちゃんが好きそうなやつ取ってきたよ」

　見事にわたしが好きなものだけを取ってきてくれた。

　相変わらず会長のお皿にはケーキがないまま。

　会長はわたしのことを優先してばかり。

＊　＊　＊

「あの、おんぶしてもらわなくても平気です……！」

「お姫様抱っこのほうがよかった？」

「そ、そうじゃなくてですね……！　靴擦れなので、ひと
りで歩けるわけで」

「ダメだよ。靴擦れだってケガなんだから」

　スイーツビュッフェを楽しんだ帰り道。

　わたしはなぜか、会長におんぶされています。

「それに転んだりして、もっとケガしたらどうするの？」

「会長は心配性すぎです……」

「百葉ちゃんだけ特別にね」

　変なの……。

　会長から"特別"って言われると、なんでか胸がキュッてなる。

　それに……こうして会長を近くで感じるたびに、前にはなかったドキドキがいっぱい。

　男の子に対して苦手意識があったのに。

　どうして会長に触れられるのは平気なんだろう。

　そして、あっという間に家の近くに到着。

　ゆっくりおろしてもらって、このまま解散かと思いきや。

　会長がわたしの両手をキュッと握った。

「かい、ちょう……？」

　手から伝わってくる熱も。

　会長の瞳から伝わってくる熱も。

　ぜんぶ……簡単にわたしをドキドキさせてくる。

「最後に……百葉ちゃん目つぶって」

「えっ、こう……ですか？」

　ギュッと目を閉じると。

　耳の上のあたりに、会長の指が触れてるのがわかって。

　優しく髪に触れられて、何かがキュッと留まったような。

「ん、できた。思った通り可愛いね」

「……？」

　サイドの髪にそっと触れると。

「えっと、これは……」

　戸惑ってると、会長がいきなりスマホをこっちに向けて、

パシャッと音がした。

「ほら、可愛いでしょ？」

　画面に映るのは、透明の花の形をしたヘアピン。

　中心にラインストーンが使われていて、ところどころピンクや赤の和柄のデザインが入ってる。

「百葉ちゃんに似合うと思って」

「っ……」

「今日俺とデートしてくれたお礼」

「い、いいんですか……っ。わたしがもらって……っ」

「百葉ちゃんだからプレゼントしたいんだよ」

　会長がわたしのことを考えて選んでくれて。

　こうしてプレゼントしてもらえたことが、すごく……すごくうれしい。

「あ、ありがとうございます……っ。とっても可愛くて、わたしにはもったいないくらいです」

「どういたしまして。可愛いから似合ってるのに」

「そ、そんなそんな……」

「これくらいのピンなら髪結んでてもおろしてても、サイドにつければさりげないかなと思って」

　相変わらず片方の手は、会長につながれたまま。

　優しい瞳をして笑う会長の顔を、ずっと見ていたくて。

　この時間がずっと続いて、会長の隣にいるのがわたしだったらいいのに。

　他の子にも、同じように笑ってほしくない……。

　わたしだけが独占できたら——。

　はっ……わたしいま何を考えて。

　わたしに向けられる会長の優しさが、ぜんぶ自分のものになったらいいのになんて。

　それに、まだ帰りたくない……。

「か、神楽……くん」

　もう少しだけ、一緒にいたいと思うのはどうして……？

「っ……、まって。不意打ちに呼ぶのは反則だよ」

　今なら自然に呼べる気がして。

　気づいたら名前で呼んでた。

「これからもそうやって呼んでくれる？」

　わたしがコクッとうなずくと、とってもうれしそうに笑ってる。

「あぁ、そんな可愛い顔しないで。帰したくなくなるよ」

　ほんの少しだけ……つながれてる手をキュッと握り返してみた。

「そんな可愛い仕草、どこで覚えてきたの？」

「っ……」

「ずるいね。可愛い顔して黙り込むなんて」

「か、神楽くんの可愛いの基準がわからなくて困ってます」

「俺の可愛いの基準は、ぜんぶ百葉ちゃんかな」

「うぅ……ますますよくわかりません……っ」

「可愛い百葉ちゃんを可愛いって思うのはダメなの？」

「うっ……あんまり可愛いって言わないでください」

「どうして？　思ってること素直に口にしてるだけなんだけどなぁ」

「か、神楽くんに言われると……胸のあたりがギュッてなるんです」

　前はこんなふうにドキドキすることなくて。

　そもそも異性に対する苦手意識もあったから。

　こうして近くで見つめられたり触れられたり。

　デートしたり、手をつないだり、抱きしめられたりするの……ぜんぶ神楽くんがはじめて。

　気づいたら、神楽くんとの距離が近くなって。

　前よりもっと……神楽くんのこと知りたいと思ってる自分がいる。

「それって……俺を意識してくれてるってことだ？」

「いし、き……？」

「もちろん――男としてね」

　また胸のあたりがざわざわして、落ち着かない。

　なんでか神楽くんの顔も見れなくなっちゃう……。

「最後にさ……百葉ちゃんのこと困らせてもいい？」

　驚いてる一瞬の間に……神楽くんの顔がものすごく近づいてきて。

　ふわっと香水の匂いが鼻をかすめて。

　とっさに目をギュッとつぶると……。

「……唇外せなくても怒らないでね」

「へ……、ん……っ」

　唇にたしかにやわらかいものが触れて。

　びっくりした反動で目を開けると、目の前には神楽くんの整ったきれいな顔があって。

え……え……？

こ、これってキス……されてる……？

思考が停止寸前。

でも、唇に触れてる熱が全身にぶわっと広がって。

「……キスされたらそんな可愛い顔するんだ？」

「っ、なんで、キス……」

相変わらず理解が追いつかないわたしと、余裕そうにしてる神楽くんと。

「可愛い……もっと見たくなるね」

「ま、まってください……っ」

本当ならダメって言わないといけないのに。

本来キスは好きな相手同士がするもの。

それがわかってるのに……どうしてダメって言えないの……？

「俺ね、百葉ちゃんが思ってる以上にずっと……百葉ちゃんに溺れてるみたいだから」

「っ……」

「今よりもっと、百葉ちゃんが意識してくれるように――俺も遠慮しないから覚悟してね」

このキスがきっかけで、神楽くんとの関係がグラッと揺れた気がする。

熱に浮かされて甘えてくる会長。

　長かった夏休みが明けた9月。

　神楽くんとはデートをしてから、夏休みは一度も顔を合わせることはなく。

　今日久しぶりに会うことになるわけで。

「ど、どどどうしよう……。いったいどんな顔して会ったら……」

　わたしは今、洗面台の前で頭を抱えております。

　そ、そもそも神楽くんはどうしてキスなんか……。

　夏休み中、考えるのはこのことばかり。

　神楽くんにキスされてから数日……ずっと唇にやわらかい感触が残ったまま。

　忘れようとしても、ずっと残ってるから何度も思い出してしまうわけで。

「うぅぅ……早く忘れなきゃなのに……っ」

　どうしてもキスされたときのことを思い出してしまうし、ものすごく鮮明に残ってるし。

「こんな状態で神楽くんに会ったら、普通に接するなんて無理だよぉ……」

　鏡の前で、ぺしゃんとつぶれそうになってると。

「なーんだ。どうした百葉？　そんな不安そうな顔して」

「お、お兄ちゃん……!!　いつからそこにいたの!?」

「少し前から。お前ずーっと鏡の前で突っ立って考え事し

てただろ？　ひとり言もブツブツつぶやいてたしな？」

「うぅぅ……っ、いたなら声かけてよぉ……」

　わたしには３つ上の大学生のお兄ちゃんがいる。

　ちなみに、お兄ちゃんもわたしの体質とか、異性が苦手なことを理解してくれている。

「なんだー？　さては、夏休み中に出かけたことが関係してるな？」

「で、出かけたって……あ、あれは……！」

「母さんが言ってたなー。百葉の王子様が迎えに来たって。生徒会長さんなんだってな？」

「お、王子様!?」

　な、なんでそうなるの……!?

　しかも、ちゃっかりお兄ちゃんの耳にまで届いてるなんて……！

「もしかしてデートか？」

「っ!?　ち、違うよ！　か、神楽くんとは……」

「ほーぅ。デートの相手は神楽くんっていうのかー」

「うぅ、お兄ちゃんもう嫌い……！　それ以上話広げないで……っ！」

「ははっ、悪かった悪かった。百葉が男の子とデートなんて珍しいから、気になってな？」

「デートじゃないのに……」

「それに、そのヘアピン。プレゼントしてもらったのか？」

「っ!!　こ、これは……！」

「百葉はほんと嘘つけないなー？　お兄ちゃんは、そのへ

アピンすごく似合ってると思うぞ？」

　クスクス楽しそうに笑って、お兄ちゃんは洗面所を去っていった。

　いつも通り髪をふたつに結んで。

　ただ……いつもと違って、サイドにさりげなく神楽くんからもらったピンをつけてみた。

　ほんとは休みの日だけ……つけようかなと思ったけど。

「神楽くん……どう思ってくれるかな」

　プレゼントしてもらえたのがうれしかったから。

　学校があるときも、つけたいなと思って。

　ただ、やっぱり神楽くんと会ったとき、どういう反応したらいいのか悩むのは変わらず……。

　グルグル考えながら、いざ学校へ行ってみると。

「あ、更科ちゃんおはよー！　久しぶりだねー！」

「雪峰くん、おはよう……です」

　いつもと変わらず、雪峰くんが挨拶してくれて。

　神楽くんはというと……。

　席にいないし、そもそもカバンもない。

　まだ来てないだけかな。

　でも、いつもわたしより早く来てることがほとんどだし。

「もしかして、更科ちゃん気づいちゃった？」

「え？」

「今日さ、昊芭休みなんだよねー」

　な、なんと……。

　ものすごいタイミング……。

「なんか体調崩しちゃったみたいでさ」

「そ、そうなんですね。えっと、大丈夫なんでしょうか」

「んー、どうかな。アイツさ、昔から自分の体調の変化に気づくの苦手なんだよねー。気づいたときにはパタッと倒れてるパターンが多くてさ」

　そ、それって結構まずいんじゃ。

「それに、昊芭いまひとり暮らしなんだよねー」

「え、そうなんですか」

「そうそう。実家を出てマンション借りてんの。ひとりってさ、風邪ひいたり体調崩すと大変だよなー」

　神楽くん大丈夫なのかな。

　ひとり暮らしで、誰もそばにいないなんて。

「まあ、俺と連絡取れるくらいの元気はあるから、大丈夫だと思うけどさ！」

　なんだか心配……。

　神楽くんは、あまり人に頼ることをしなさそう。

　わたしに何かできることがあればいいけど……。

　わたしから連絡……するのもなぁ……。

　結局、神楽くんのことが気になりつつも連絡できず。

　──迎えた放課後。

　今日は生徒会の集まりがある日。

　神楽くんがお休みなので、それを壱瀬くんと花森さんに伝えないといけない。

「百葉先輩っ！　お久しぶりです〜!!　元気でしたか!?」

「あっ、花森さ──わわっ」

　花森さんがいきなり抱きついてきてびっくり。

「久しぶりに百葉先輩に会えてうれしいです〜!!」

「おい、小鞠。どう見ても更科先輩が戸惑ってるだろうが。いきなりタックルするのやめろよな」

「これはハグだもーん！　ってか、志那くんの言い方ひどくない!?　タックルって!!」

「どっちも大して変わんねーだろ。更科先輩も久々に小鞠の相手するの大変ですね」

「あ、えぇっと、花森さん相変わらず元気で、久しぶりに会えてわたしもうれしいよ」

「ほらぁ、志那くん聞いた!?　わたしに会えてうれしいだって!!　百葉先輩やっぱり天使ですね、だいすきです!!　ビッグラブです!!」

「あんま更科先輩にベタベタしてると会長に殺されるぞ」

「え!?　志那くんなんて恐ろしいこと言うの!!」

「会長みたいな普段温厚な人ほど、怒らせたら怖いものってないからな。とくに更科先輩のことになると、会長えげつないくらい黒いオーラ出すし」

「黒いオーラって!?　そんなのわたしに見えないよ!?」

「お前が空気読めなさすぎなんだよ。最近、俺たちが更科先輩に話しかけたり近づいたりすると、会長黒いオーラ出してめちゃくちゃ牽制してくるんだよ」

「えー、うそ!!　会長いつも笑顔じゃん！」

「その笑顔の裏で、何考えてるかわかんねーのが会長だろ。とにかく、会長は敵に回さないほうがいいだろうな。あん

ま調子乗ると、小鞠なんかすぐに消されるからな」

「そうなったら、百葉先輩に守ってもらう！」

　わ、わたしで守れるのかな。

　というか、壱瀬くんの神楽くんに対するイメージが、ものすごいことになってるような。

「そういえば、会長まだ来てないですよね〜？」

「あっ、あの。それが、今日お休みしてて」

「え、そうなんですか!?　珍しいですね、会長が欠席するなんて！」

「今日は各自仕事が終わったら解散にしようかなと」

　定例会議はまた神楽くんがいるとき行うことに。

＊　＊　＊

　そして翌日も。

　朝、教室に着くと、雪峰くんしかいない。

「今日も昊芭休むってさー。メッセージでは大丈夫って送られてくるけど、ほんとに大丈夫なんかねー」

「し、心配……ですね」

「だよねー。２日続けて休むってことは、相当体調悪いんかなー」

　ひとり暮らしだと、いろいろ不便(ふべん)だろうし。

　家族とか誰かそばにいてくれたらいいけど。

「たぶん昊芭は家族に頼ったりしないからさー。どうしようかなー。俺も見舞(みま)いに行ってやりたいけど、今日バイト

あるし」

　そっか。

　神楽くんの性格からして、ぜんぶひとりで抱えて人に頼ることをしないから。

　でも、それで何かあってからじゃ遅いだろうし……。

「わ、わたしがお見舞いに行くのは迷惑……でしょうか」

「えー、更科ちゃん行ってくれるの？　全然迷惑じゃないって！　むしろ助かると思うよ！」

　──というわけで。

　放課後、神楽くんの家にお邪魔することに。

　いちおう雪峰くんから神楽くんに、わたしが家に行くことをメッセージで伝えてくれた。

「アイツたぶん寝てるねー。既読にならないし」

「わたしがいきなり行って大丈夫でしょうか」

「大丈夫だと思うよ！　あっ、さっき更科ちゃんのスマホに、昊芭のマンションの住所送ったからねー！」

　勢いのまま、お見舞いに行くって決めたけど。

　そもそも神楽くんと久しぶりに会うのに。

　いったいどんな顔して、どんなふうに接したら……。

　はっ……そういえば数日前も同じことで悩んでたんだ。

「更科ちゃんが行ったら、昊芭もよろこぶだろうからさ！」

　しかも、雪峰くんはさらっととんでもない爆弾を落としてくる。

「あ、もし昊芭に襲われそうになったら、俺呼んでくれていいからね？」

「へ……？」

「更科ちゃんが自分の家にいるなんて、アイツ冷静でいられるかなー？」

「えぇっと……」

「万が一、昊芭が襲ってきたら、突き飛ばして逃げることだね！」

「は、はぁ……」

　たぶん、そんなことにはならないと思うけれど。

＊　＊　＊

　雪峰くんから教えてもらった住所を頼りに、神楽くんのマンションに到着。

　ドキドキしながらインターホンを押すと。

　中から返事はなくて。

　もしかしてまだ寝てる……？

　……と思ったら。

「……え。なんで百葉ちゃんがここにいるの？」

「あっ、お久しぶり……です」

　玄関の扉が開いて、寝起きの神楽くんが出てきた。

　グレーのシンプルな部屋着に、普段とは違ってメガネをしてる。

「まって……この状況どういうこと？」

「雪峰くんからのメッセージ見てないですか？」

「さっきまで寝てたから見てないよ」

「えっと、神楽くんがお休みしてるのが心配で。雪峰くんの代わりに、わたしがお見舞いに来た感じ……です」

　すると、神楽くんは深くため息をつきながら。

　おまけに頭も抱えてしまって。

「男の部屋にひとりで来るなんてさ……百葉ちゃん危機感なさすぎるよ」

「え？　やっぱり迷惑でしたか？」

「いや、そうじゃなくて。俺いま風邪ひいてるのわかってる？」

「はい。心配なのでお見舞いに来ました」

「はぁ……俺いまあんま余裕ないのに」

　なんだかちょっと呆れ気味……？

　あっ、それか体調が悪くて起きてるのがつらいのかな。

「えっと、とりあえずベッドに戻りましょう」

「はぁぁ……。それ俺以外の男の前で言っちゃダメだよ」

「どうしてですか？」

「勘違いするやつぜったいいるから」

「……？」

「百葉ちゃん約束ね……俺のこと煽ったりしないって」

「あおる……？」

「俺いまあんま抑えきかないから。百葉ちゃんが煽ってきたら、さすがに俺も我慢できないよ」

　神楽くんの言ってることが、いまいち理解できず。

　ボケッとしてると、神楽くんが家の中へ。

「まあどうせなら、百葉ちゃんにたっぷり甘えさせてもら

おうかな」

「お邪魔してもいい、ですか？」

「ん、どうぞ。何もない家だけど」

　リビングはシンプルに白で統一されてる。

　床は大理石で、壁は真っ白。

　それに、ひとり暮らしとは思えないくらいの広さ。

　ソファもテレビも、とても大きいなぁ……。

　はっ、あんまりじろじろ見るのよくないかも。

「えっと、ごはんは食べましたか？」

「作る気力がなくて。何も食べてないんだ」

　神楽くんはドサッとソファに座って、かなりしんどそう。

「もし食べられそうだったら、何か作りましょうか？　いろいろ買ってきたので」

　ここに来る前、スーパーに寄って食材とかスポーツドリンクを買ってきた。

「百葉ちゃんが作ってくれるなら食べようかな」

「じゃあ、おかゆ作りますね。キッチン借りてもいいですか？」

「うん、どうぞ」

　神楽くんはてっきり寝室で寝るのかと思いきや。

　なぜかソファに座ったまま。

　時折、神楽くんのほうを見ると、こっちを見てたり。

　すると、神楽くんが立ち上がってキッチンにやってきた。

「ねぇ、百葉ちゃん」

「ひゃっ……いきなりなんですかっ」

　後ろからガバッと抱きつかれてびっくり。

「んー……身体しんどいなぁ」

「っ、それならベッドで寝ててください……！」

　耳元にかかる神楽くんの息が、くすぐったくて熱い。

　あまり過剰に反応しないように。

　自分の中でなんとか平常心を保とうとしても。

「あ、あのっ、神楽くん……っ。そんなにくっつかれると身動きがとれません……！」

「ん……だって百葉ちゃんが甘えていいよって言うから」

「甘えていいとは言ってません……！」

　さらにギュッと抱きついて、全然離れてくれない。

　こ、これじゃ料理にまったく集中できない。

「俺風邪ひいてるのに……。百葉ちゃん冷たいね」

「うぅ……それならベッドで寝てください」

　気にしないように気をそらそうとしても。

　腰からお腹にかけて回ってる神楽くんの腕が、ちょっとでも動くと。

「ひぁ……っ、やぅ……」

「……少し動かしただけなのに」

「っ、ぅ……」

「相変わらずいい反応するね。腰とかも弱いの？」

「耳元で話すのやめて、ください……っ」

「ん……？」

　もっともっと抱き寄せてきて。

　身体がこれでもかってくらいピタッと密着して。

「か、かぐらくん……っ」

「ほんと可愛いなぁ……」

　こ、このままだと神楽くんの暴走が止まらなくなるんじゃ。

　なんとか止めないと……っ。

「ま、まって、ください……」

「……やだって言ったら？」

「こ、困ります……っ。今だけ……ベッドで寝ててくれませんか……っ？」

「……今だけ？　このあとは？」

「あ、あとで神楽くんの言うことなんでも聞く……ので」

　とにかく今は神楽くんの体調がいちばん。

　なんとかおとなしく寝てもらわないと。

「なんでも……ね。言ったね百葉ちゃん」

「へあ……無茶なことはダメですよ」

「……約束ね。なんでも言うこと聞くって」

　耳元にそっと落ちてきたささやきが……甘くて危険に聞こえたのは気のせい？

＊　＊　＊

　あれから神楽くんにはベッドで寝てもらい……。

　ようやくおかゆが完成。

「おかゆできました。食べられそうですか？」

「ありがとう。起きて食べようかな」

　　ベッドの近くにあるテーブルに、おぼんを置くと。

「えっと、起きれますか？」

「百葉ちゃんが起こして」

「へ……？」

「身体だるくてひとりで起きれないから」

　　な、なるほど。

　　たしかに風邪のときって、身体の自由がきかないし。

　　──で、起こすのを手伝おうとしたら。

「あのっ、これ抱きついてませんか……っ？」

「ん……どうかなぁ」

　　なぜか神楽くんが引っ付いたまま。

　　まったく離れようとしてくれません。

「うぅ……もう少し力入れてください。これじゃ、わたし
までベッドに倒れちゃいます……」

「……百葉ちゃんいい匂い」

「ひゃっ……どこに顔埋めてるんですかっ」

「口にしていいの？」

「ダメ、ですけど……っ！」

　　抱きついてくる力だけは強いのに。

　　身体を起こす気はまったくなさそう。

「もうずっとこのままがいいなぁ」

「おかゆが冷めちゃいます」

　　これは、わざとこうしてるような。

　　でも、普段しっかりしてる神楽くんが、こんなふうに甘
えてくるのは貴重なのかな。

　普段と違う一面が見れて、ちょっとうれしい……かも。

「せっかく百葉ちゃんが作ってくれたんだもんね」

　最後にギュッとしてから、ようやく起きてくれた。

　それからおかゆを食べて、フルーツも完食。

　薬（くすり）も飲んだし、しっかり寝たら少しは良くなるかな。

「じゃあ、わたしはこのまま片づけしてきますね」

　立ち上がろうとしたら、グラッとバランスを崩してしまい——。

「あわわっ……ごめんなさいっ」

　そのまま神楽くんがいるベッドに倒れてしまった。

「百葉ちゃん、それわざと？」

「へ……？」

「俺さっき言ったよね。煽ったら我慢できないって」

　視界がぐるんと回って、気づいたら背中にベッドのやわらかい感触。

　それに……真上に覆いかぶさってくる神楽くん。

　よく考えたら、いま神楽くんとふたりっきり。

　しかも、ここは神楽くんの部屋なわけで。

　今さらながら、逃げ場のない状況って気づいた。

「あとさ……俺の言うことなんでも聞くって約束したよね」

　神楽くんの瞳が熱っぽいのは風邪のせい……？

　それとも——。

「俺が満足するまで……たっぷり可愛い百葉ちゃんで満たして」

　一気に神楽くんの顔が近づいて。

　唇が触れる寸前で……ピタッと止まった。

「百葉ちゃん」

「っ……」

　ち、近い……近すぎるよ……っ。

　それに、さっきから甘い吐息がかかって。

　思わずとっさに息を止めてしまう。

「たまんないね……この触れそうで触れない感じ」

　ふわっと甘い吐息が熱くて……誘惑してくる。

　これ以上は、ほんとにダメ……なのに。

「息止めないで……ほら」

「……っ、ふぁ」

　指で唇に触れられて、少し強引に口をあけさせられて。

　変な甘ったるい声が抑えられない……っ。

「可愛い声出たね。我慢しないで俺だけに聞かせて」

「ん……」

　指で少し唇を触れられてるだけ……なのに。

　腰のあたりがうずいて、身体が熱くて。

　全身にピリピリと甘い刺激が伝わっていくばかり。

「指だけでこんな感じちゃって」

「ふぅ……ん」

「唇触れたら……どんな可愛い反応してくれるのかな」

　唇には触れずに。

　おでこや頬、首筋にたくさんリップ音を残して。

　ツーッと舌で舐めて、チュッと軽く吸ったり。

「あぅ……っ、や……」

「ほんとに嫌だったら拒んで」

　肌が熱くて、身体の内側もジンジンして。

　全身の力がぜんぶ抜けちゃう……。

　意識も少しクラクラする中……。

　神楽くんが優しく笑ったのが見えて。

「俺があげたやつ……つけてくれてるんだね」

　わたしのサイドの髪を、すくいあげるように触れてきた。

「……やっぱり百葉ちゃんにすごく似合ってる」

　神楽くんの言葉は甘くてずるい。

　いつも言えないことが、口からこぼれてしまいそう。

　意識がボーッとしてるせい。

　ぜんぶ熱のせい──。

「神楽くんからプレゼントしてもらえたのが、すごくうれしくて……っ」

　甘い熱に流されて、本音がポロッとこぼれてしまう。

「神楽くんに可愛いって思ってもらいたくて……」

　あぁ、どうしよう。

　頭の芯まで熱に溶かされて、思考が麻痺してる。

「神楽くんに会えなくて、ほんとは少し……寂しかった、です……っ」

　これがきっと、胸の中にある本音。

　体調を崩したって聞いて、心配してたのもほんと……。

　でもいちばんは、神楽くんに会えなくて寂しかった気持ちが大きかった。

　わたし矛盾ばっかりだ……。

　デートした日以来、会ったらどう接したらいいかわからないって悩んでたのに。

　こんなこと思ってるなんて。

「百葉ちゃんは俺をどこまで翻弄する気なの？」

　熱っぽい、少し切羽詰まったような表情が見えたのは一瞬……。

「もう知らない——そんな可愛いこと言われて我慢とか無理だよ」

「んん……っ」

　顎をクイッとつかまれて、唇が重なった。

　前にキスしたときよりも、ずっと甘い……。

　感情を押し付けるようなキス。

「はぁ……っ、あまっ……」

「ぅ……ん……んん」

　ずっと唇が塞がれたままで苦しいのに。

　唇から伝わる熱にどんどん溺れて、抜け出せなくなる。

　こんなに身体が熱いのは、伝染してきた熱のせい……にしたい。

「あぁ……その欲しがってる顔……たまらなく可愛い」

　もっと……もっとキスが深くなって。

　息をする隙も与えてくれないくらい、深くて甘いキス。

「少し口あけて」

「はぁ……っ」

「そう……。そのままあけて」

「んん……っ」

冷たい空気が口に入ってきたのは一瞬。

熱い舌が入り込んで、全身がピリピリする……っ。

「あー……きもちいいね」

「ふぅ……んん」

口の中で熱が絡んで、かき乱して。

おかしくなっちゃいそうなくらいの……甘い刺激。

抵抗するとか、そんなのぜんぶ忘れるくらい……キスに夢中（むちゅう）になってる。

ほんの少し唇が離れた瞬間。

「……俺にされるがままになってる百葉ちゃん……たまんないね」

唇の端をペロッと舌で舐めながら、艶っぽい表情で笑ってる。

「やっぱその顔好きだなぁ……もっと見たくなる」

こ、これ以上はほんとにまずいかもしれない……っ。

とっさにくるっと身体を回して、覆いかぶさる神楽くんに背中を向けた。

「なんでこっち向いてくれないの？」

「もうこれ以上は、しちゃダメなような気がして……っ」

「……ほんとにそう思ってるならやめるけど」

「ひぁ……っ、ぅ」

うなじのあたりに唇を押し付けられて、これだけでも身体がビクッと反応しちゃう。

それに、ベッドのシーツからも神楽くんの匂いがして。

さらに心臓の音が掻（か）き立てられて、ドキドキが止まらな

い……っ。

「ふっ……それで逃げたつもりなんだ？」

「っ……」

「後ろからなんて……百葉ちゃんの身体触り放題なのに」

　真後ろから、ぜんぶを包み込むように覆われて。

　ベッドとお腹の隙間に手を滑り込ませて、ゆっくり撫でるように触れて。

「手……っ、動かしちゃ、やっ……です」

「ん……？　じゃあ、もっと上のほう触っていいの？」

「ぅ、やぁ……」

　うなじから背中にかけて、さっきからずっとキスが落ちてくる。

　身体に触れる手も、動きを止めてくれない。

「でも……これだと百葉ちゃんの唇にキスできないね」

「っ……」

「百葉ちゃん……俺のほう見て」

「や……っ、ダメ……です」

「もうキスしたい……我慢できない」

　グラッと堕ちていきそうになる、甘いささやき。

　ほんとはダメなのに。

　頭の中で考えてることと、行動がどうも合わなくて。

「ほら……こっち見てくれた」

「んっ……」

　甘い誘惑に負けて、またしても唇にキスを許してしまう。

　クラクラ揺れる意識、甘くて溺れそうになる熱。

「はぁ……っ。百葉ちゃんの唇冷たくてきもちいい」

「んんぅ……」

「もっと……俺が満足するまで付き合ってね」

　何度も繰り返されるキスは甘すぎて……。

　わたしまで熱に呑まれて……溺れてしまいそう。

会長は甘いイタズラが好き。

「あらまあ。なんかわたしの知らない間に神楽くんといろ
いろあったのね」

「うぅ、塔子ちゃん……わたしどうしたら……」

「どうしたらも何も、キスまで許しちゃってるんだから。
神楽くんにはしっかり責任取ってもらわないと」

「せ、責任とは……」

「もちろん百葉にちゃんと告白して、付き合ってもらうん
でしょうが。キスまでしておいて遊びでしたなんて言った
ら、わたしが黙ってないわよ」

　神楽くんとデートした日にキスされたこと。

　そしてつい最近、お見舞いに行ったときにもキスされた
こと。

　もうひとりじゃキャパオーバーになりそうで、塔子ちゃ
んに相談中。

「それに、百葉の気持ちはどうなの？　あんなに異性に対
して苦手意識あったのに」

「わたしの気持ち……」

「そう。それがいちばん大事なんだから」

　正直、今まで誰かを好きになったことがないし。

　だから、異性を好きだって思う気持ちがどんなものかわ
からない。

「人を好きになるって、どんな感じなんだろう」

「そうねぇ。まあ、すごく単純だけど相手が近くにいると、胸がドキドキするとか？　ほら、たとえば神楽くん限定でドキドキすることがあるんじゃない？」

「それは、わたしが男の子に慣れてないから……とか？」

「じゃあ、雪峰くんに同じことされたらって想像してみなさい？　同じような気持ちになる？」

　ドキドキする……というよりか、緊張して逃げちゃうかもしれない。

　でも、神楽くんが相手だと……最近何気ないことでも胸がドキドキするから。

「これは確実に百葉の気持ちも動き出してるわね。あともう少しってところ？」

「わ、わたしどこかおかしいのかな……っ」

　神楽くん限定でドキドキしちゃうなんて。

「どうしてそうなるのよ。百葉の気持ちが、神楽くんのほうに傾きかけてるってことでしょ？　いいじゃない、自分の気持ちにもっと素直になってみたら」

「塔子ちゃんは恋愛マスターですか……」

「何言ってるの。百葉は結構わかりやすいからよ。神楽くんのこと特別に想う気持ちがあるなら、きちんと自分に向き合ってみなさい」

　付け加えて「神楽くんはもうだいぶ百葉の可愛さにやられてそうだけど」って。

* * *

　放課後──。

　今日は集まりがある日なので生徒会室へ。

「あれ、今日は鍵が開いてる」

　いつも生徒会室の鍵を開けるのはわたしなんだけれど。

　どうやら今日は、わたしより先に来てる子がいるみたい。

　花森さんと壱瀬くんかな。

　ガチャッと扉を開けると。

「あ、百葉ちゃん。お疲れさま」

「っ！　か、神楽くん……！　お、お疲れさまです」

　なんと予想外の神楽くんがいてびっくり。

　ふ、普通に自然にしないと……！

　今はふたりっきりだけど、もうすぐ花森さんと壱瀬くん
も来るだろうし。

「そういえば、今日ふたりは来ないからね」

「え、え？」

「先生に呼び出されちゃったんだって。だから今日は俺と
百葉ちゃんふたりだけだね」

「っ……!!」

　うぅ……まさかのいきなりふたりっきり……。

　これはまったく想定してない……。

　で、でもさすがにここ生徒会室だし。

　神楽くんも何かしてくるなんてことあるわけ──。

「神楽くん……っ！　邪魔するなら帰ってください……！」

「ん？　百葉ちゃんを困らせるのが楽しくてね」

「なっ……ぅ」

「ほら俺のことはいいから作業続けて？」

　どうやら、わたしの考えは甘かったようで。

　神楽くんから資料の作成を頼まれたので、作業をしよう
としたら。

　なぜか自分の机ではなくて、ソファのほうでやるように
指示されて。

　何も疑うことなく、作業しようとすれば。

　なぜか神楽くんもソファに座って、わたしの横でさっき
から邪魔をしてくるのです。

「神楽くんが気になりすぎて集中できません……！」

「わー、それって俺と愉しいことしたいってことだ？」

「ぜ、全然違います……！」

「いいよ。それじゃあ、もっと俺のそばにおいで」

「なっ、な……だからぁ……」

　抵抗むなしく、神楽くんのほうへ抱き寄せられ。

　腰には神楽くんの手がしっかり回って、逃げ場がなく。

　こ、これただ抱きしめられてるだけじゃ……？

「あ、でもこれだと作業がはかどらないね」

「な、なので、自分の机でやったほうが——」

「じゃあ、こうしよっか？」

「ひゃっ……いきなりなんですかっ……」

　軽くひょいっと身体を持ち上げられて。

「百葉ちゃんが俺の上に座ったらいいね」

「よ、よくないです……！」

　後ろからがっちり神楽くんが抱きついてくる体勢に。

「俺この体勢好きだなぁ。百葉ちゃんのこと好きなだけ
ギュッてできるもんね」

「なぅ……」

　お腹のあたりにある手の位置が際どいし。

　それに……。

「あ、百葉ちゃんと目が合った」

　神楽くんがわたしの肩にコツンと顎を乗せてるせいで。

　わたしがちょっとでも横を向くと、至近距離でばっちり
目が合っちゃう。

「っ!!　さ、作業続けます……!!」

　神楽くんのそばにいると、ほんとに心臓もたなくて大
変……っ。

　こんな恥ずかしい体勢から早く解放されたい。

　だって、またいつ神楽くんがイジワルしてくるか──。

「な、なななんですかっ」

「ん?　百葉ちゃんの手小さくて可愛いなぁって」

　いきなり手に触れられてびっくり。

「俺とは違って……白くてやわらかいね」

「っ、そんな触らないでください」

　大きな手で包み込むように触れたり。

　指をゆっくり撫でたり、たまに絡めてギュッと握ってき
たり。

「俺は手が空いててつまらないからさ」

「っ……」

「……百葉ちゃんの身体にイジワルしちゃおうかな」

　このままだと神楽くんの好き放題になっちゃう……っ。

　なんとかして、意識を他にそらしたいのに。

「俺ね、百葉ちゃんのやわらかいほっぺ触るの好き」

「ふにゃ……っ」

　後ろから器用に手でふにふにされて。

　唇のあたりに軽く指がこすれるだけで。

「にゃっ……」

「あぁ、今の可愛い。やっぱり感度いいよね」

「うにゃ……ぅ」

　ちゃんと作業しなきゃいけないのに。

　甘いイジワルは止まることを知らず。

「あれ、ここ間違ってるよ?」

「み、耳は……っ」

　ぜったいわざと耳元で話してる……っ。

　さっきから神楽くんの息が耳にかかってくすぐったい。

「……指先に力入らなくなっちゃった?」

　甘いささやきが鼓膜を揺さぶって。

　気づいたら握っていたボールペンが、テーブルの上に落ちた。

「もう我慢できない?　身体が反応してるもんね」

「っ、イジワル……ダメです……っ」

　耳にも唇にも軽く刺激を与えられて、もうじっとしていられない。

「でもこの体勢だとちょっと寂しいね」

「……っ?」

「百葉ちゃんの可愛い顔が見れないから……こうしよっか」

　脇のあたりに神楽くんの手が入ってきて、そのまま身体がくるっと回されて。

「この体勢……めちゃくちゃ興奮するね」

「っ、や……です」

「ほら、もっと俺に抱きついて」

「やぅ……」

　隙間がないくらい身体が密着して。

　これじゃ、わたしが迫ってるみたいに見える。

　それに……神楽くんの顔がすごく近い……っ。

　なんとか離れようとしても。

「……ダーメ。抵抗するならキスしちゃうよ」

　さらにグッと抱き寄せられて、唇が触れる寸前。

　こんな間近で見つめられて耐えられないのに。

「百葉ちゃんさ、俺にキスされるのやだ？」

「ふぇ……？」

「キスしたあとの百葉ちゃんね、死ぬほど可愛いんだよ」

　唇を見ただけで、キスのことぶわっと思い出してしまう。

　同時に顔だって熱くなって、赤くなって。

「だからね、百葉ちゃんにたくさんキスしたくなる」

「っ……」

　ゆっくり……軽く触れる程度に唇があたって。

　ほんとにこすれるくらい。

　抵抗しようと思えばできるのに。

　身体が固まったまま、動かないのはどうして……？

「俺の心臓も理性も大変なことになるくらい——百葉ちゃんは可愛い」

「やっ……可愛いはダメ、です……っ」

「どうして？」

「ひぁ……っ」

　さっきから、神楽くんが話すたびに唇が動いて触れて。

　ちょっとの刺激で、身体が過剰に反応しちゃう。

　恥ずかしいのに熱くて……自分をうまく保てなくて。

　でも……ふと、ボーッとする意識の中。

「神楽くんは、誰にでもこういうことするんですか……っ？」

　こうやって甘いこと言って触れるのは、わたしだけじゃないのかなって。

　別にわたしに特別な感情がなくても、こういうことができてしまうの……？

　ただ、わたしのことからかってるだけで——。

「……しない。百葉ちゃんだからしたいんだよ」

「っ……」

「俺のことこんなかき乱してるのは……百葉ちゃんだけ」

　ドキドキ……グラグラ揺れるこの気持ちは——？

☆
☆
☆
☆

第 3 章

会長とひと晩同じ部屋で。

　とある休みの日。
　部屋でゆっくり過ごしてると。
「百葉‼　大変よ！　また王子様が迎えに来てるわ〜！」
　部屋に突撃してきた、ハイテンションなお母さん。
　こ、これ前にも同じようなことあったような。
　まさか……また神楽くんが来てるの……⁉
　いや、でも今回はデートの約束とか何もしてないし。
　だとしたらなんで……⁉
　慌てて部屋を飛び出すと、偶然にもお兄ちゃんと遭遇。
　おそらくお兄ちゃんも、お母さんの騒ぎを聞いて部屋から出てきたに違いない。
「おー、噂の王子様の再来か？」
「お兄ちゃんは黙ってて……！」
「兄ちゃんも挨拶しておくか」
「しなくていいよぉ……！」
　お兄ちゃんにはからかわれるし、いいことない……。
　とりあえず、お兄ちゃんが出てくると余計に厄介だからスルーして。
　玄関へ向かうと。
「あ、百葉ちゃん。おはよ」
「な、なななんで神楽くんがここに⁉」
　にこにこ笑顔の神楽くんが、呑気に手を振っているでは

ないですか。

「ごめんね、急に来たりして。百葉ちゃん今日暇だったり
するかな？」

「えぇっと……」

「そっか、暇だよね。よかった」

　あれ、あれれ。

　わたしの答え軽く省かれたような。

「じつは百葉ちゃんにお願いがあってね。百葉ちゃんにし
か頼めないことなんだ」

「な、なんでしょうか」

「俺の両親と会ってくれないかな？」

「は、はい……？」

　え、神楽くんいまなんて？

　ストレートすぎて、頭に入ってこなかったのですが。

「俺いますごくピンチなんだよね。そのピンチを救えるの
は、百葉ちゃんしかいないわけでさ」

　ちょ、ちょっとまって。

　話の流れについていけないのですが……！

「神楽くんのピンチと、わたしが神楽くんのご両親と会う
のと、何がどうつながってるんでしょうか……!?」

「簡単に説明すると、俺お見合いさせられそうなんだよ。
家の跡継ぎ問題とかで両親がうるさくてさ」

「な、なるほど。それで、わたしがそのピンチをどうやっ
て救ったら……」

「簡単だよ。百葉ちゃんが俺の彼女として、両親に会って

くれたら丸く収まるから」

「え、え!? どこが簡単なんですか!?」

「俺は百葉ちゃんと付き合ってるから、見合いはしませんって断るだけ。ね、簡単でしょ?」

「い、いやいや……そんな嘘よくないんじゃ」

「まあ、細かいことはいいからさ。じゃあ、今から会食がある場所まで俺と行こうね」

「い、今からですか!?」

「とりあえず車乗ろうか?」

　こうして半ば強引に車に乗せられてしまい……。

　神楽くんのピンチを救うべく、彼女役として会食の場所へ向かうことに。

　というか、彼女なんて嘘すぐにバレるんじゃ。

　実際付き合ってるわけでもないし。

　それと。

「あの、今さらなんですが、こんな格好で来てしまって大丈夫でしょうか」

　薄いピンクのブラウスに、白のニットのカーディガン。

　スカートはロングで、ブラウンのチェック柄。

　まさかこんなことになるとは思ってなくて、着替える暇もなかったし。

「うん、全然大丈夫だよ。百葉ちゃんは私服も可愛いもんね」

　髪は簡単にハーフアップにして。

　この前、神楽くんからプレゼントしてもらったピンをさりげなくつけて。

　もちろんメガネはなしでコンタクト。

* * *

　ようやく会食の場所に到着。

　どうやらホテルの中のレストランで食事をするみたい。

　案内されたのは、レストランの中の個室。

「おぉ、昊芭！　久しぶりだなぁ！」

「父さんも母さんも久しぶり」

　すでに神楽くんのご両親が中にいて。

　今さらながら、すごく緊張してきた……。

　ドキドキしてると、神楽くんのご両親の目線がわたしの
ほうに向いた。

「おっ、そちらの子が昊芭がわたしたちに紹介したい子だ
な？」

「そう。この子が俺の彼女──更科百葉さん」

「あっ、えぇっと、はじめまして。更科百葉です」

「お〜、可愛らしい子だなぁ！　昊芭と並んだらすごくお
似合いじゃないか〜！」

　神楽くんのお父さんは、ものすごく明るくて話しやすい
雰囲気の人。

　お母さんは、にっこり笑顔でやわらかい雰囲気の人だ
なぁ……。

　それに、お父さんもお母さんも神楽くんにものすごく似
てる。

　とくにお母さんの笑ったときの顔が、神楽くんにそっくり。

「今日こうして４人で食事ができてうれしいよ～！　まあ、とりあえずふたりとも座りなさい。いろいろ話を聞かせてもらおうじゃないか！」

　わ、わたしうまく彼女役できるかな。

　神楽くんに迷惑をかけないように、なんとかこの場を乗り切らなくては。

「昊芭が見合いを断りたいと言った理由がわかったな。これだけ可愛い彼女がいれば、見合いする必要もないもんな！」

「俺は彼女ひと筋だから、見合いする気はないってあれだけ言ったのに」

「昊芭が惚れ込んでるのかー。それなら、もっと早く百葉さんを紹介してくれたらよかったのに。な、母さん？」

「百葉さんみたいな可愛らしい子が昊芭の彼女なんてうれしいわ～。とってもお似合いね」

　な、なんだかいたたまれない……。

　こういうとき、どうやって会話に入ったらいいんだろう。

　人見知り発動しすぎてどうしよう……。

「百葉ちゃん？　そんなに緊張しなくて大丈夫だからね」

「か、神楽くんのご両親の前だと緊張します……」

　はっ……しまったぁ。

　いつもの癖で神楽くんって呼んでしまった。

　付き合ってるなら、下の名前で呼ぶのが自然なのでは。

　うぅ……どうしよう。

　初っ端からこの調子じゃ、先が思いやられちゃう……。

「百葉ちゃんは恥ずかしがり屋でね。俺のことなかなか下の名前で呼んでくれないんだ」

　神楽くんが機転を利かせてくれて、なんとかごまかせた。

「百葉さんは少し照れ屋さんなんだな！　昊芭が言うように、もっとリラックスしてくれて大丈夫だからね」

「あっ、お気遣いありがとうございます……っ」

　正直もうずっと心臓バクバク。

　運ばれてくる料理を味わってる余裕もなく。

　神楽くんとご両親の会話を聞くのに必死すぎて。

「ところで、ふたりはいつから付き合ってるんだ？」

「今年の春くらいかな。百葉ちゃんとは生徒会の仕事が一緒だから、自然と一緒にいる時間も長くてね」

「ほーぅ、そうなのか」

「百葉ちゃんは生徒会の中で副会長なんだよ。いつも俺の仕事をサポートしてくれる、とっても優秀な子なんだ」

「そうかそうか。内面もとても素敵な子なのか。昊芭が、これだけうれしそうに人のことを話すのは珍しいからな。百葉さんのことを相当気に入ってるんだな」

「見た目はこんなに可愛いし、勉強もできるし真面目ですごく優しいんだよね。こんな完璧な子、俺にはもったいないいくらいだよ」

　うぅ……神楽くんそれは持ち上げすぎです……。

　神楽くんのほうが完璧すぎて、逆にわたしのほうが釣り

合ってないと思われるのでは？

「これは昊芭のほうが、かなり百葉さんに惚れてるんだな」

「百葉さんも顔が真っ赤ね。昊芭がストレートすぎるからかしら？」

「ね、俺の百葉ちゃん可愛いでしょ？　いつも俺がたくさん可愛いって言ってるのに、全然慣れなくてさ。いつも顔真っ赤にするところも可愛くて可愛くて」

「すごい惚気だな〜。わたしと母さん相手に、ここまで惚気てくるとは驚きだよ」

　や、やっぱりいたたまれない……。

　神楽くんがいつも通り……いや、いつもより暴走気味のような。

　ご両親の前だってお構いなしにアクセル全開。

「俺がこれだけ惚れ込んでる子だから。これからもお見合いとかはしないからね」

「昊芭の意思がここまでしっかりしてるなら、安心したよ。もう見合いの話はすべて断るようにするからな」

「そうだね。そうしてもらえると助かるよ」

「それに話を聞く限り、百葉さんはうちに嫁ぐには申し分なさそうな子だしな〜」

「そうね。こんなに可愛らしい子が、昊芭のお嫁さんになってくれるなら大歓迎よ」

　お、お嫁さん……!?

　なんだか話がずいぶん飛躍してるような。

「百葉さんのやわらかい雰囲気が、昊芭にとても合ってい

るしな〜。昊芭も百葉さんと話してると、とても穏やかな
顔をしてるし。それだけ百葉さんに心を許してるんだろう」

　本当に付き合ってるわけじゃないのに。

　どうしてだか、胸のあたりがずっとざわざわしてて。

　それに神楽くんのわたしを見る目がとても優しくて。

　緊張とは違うドキドキ。

　神楽くんの言葉ひとつひとつに……胸がドキドキして、
心臓がとてもうるさい。

＊　＊　＊

「ほ、ほんとに神楽くんと一緒に泊まるんですか……？」

「うん。俺の両親が百葉ちゃんを気に入ったからね」

　神楽くんとのご両親と食事が終わり、あとは帰るだけか
と思いきや。

　まさかの事態を迎えております。

「い、いきなりすぎて頭がパンクしそうです……」

　神楽くんのご両親が、せっかくだから……と、わたしを
お屋敷に招待してくださって。

　食事を終えて、たった今……神楽くんのお屋敷に来てし
まったわけです。

「百葉ちゃんのご両親には、俺から連絡するからね」

　こ、これはぜったい帰ったらお母さんに根掘り葉掘り聞
かれる予感。

　しかも、お兄ちゃんも参戦してきそう。

　そ、それにしても……。

「こ、ここが神楽くんのご実家……ですか？」

「そうそう。無駄に敷地が広くてね」

　まさにお屋敷って言葉がぴったり。

　こんな大きなお城みたいな家が存在するんだ……。

　神楽くんみたいな人が住むにはぴったりというか。

　お屋敷の中も当然広くて、部屋がいくつもある。

「百葉ちゃんは俺の部屋で寝ようね」

「え？」

「付き合ってるんだから当然だよね」

「え、え!?」

「ふっ、そんなに驚く？」

「だ、だって付き合ってるのはご両親の前だけで！」

「付き合ってるのにわざわざ部屋を分ける理由ないし」

「う、や……でも……！」

「百葉ちゃんが俺を興奮させなかったらいいだけだよ」

「な、なななっ……」

「なんて冗談だよ」

　神楽くんがとんでもないことばっかり言うから、わたし
は口をパクパクさせるだけ。

＊　＊　＊

　──で、結局神楽くんの部屋でひと晩過ごすことに。

　なんだかとんでもない展開になってしまった。

　時刻は夜の9時を回った頃。

「お、お風呂、ありがとうございました」

「いいえ。それで、どうして部屋の中に入ってこないの？」

　今ちょうどお風呂から出てきたんだけれど。

　わたしは今なかなか部屋に入れません。

　その理由が、用意してもらった部屋着のことで。

「や、あの……っ、やっぱり今からでもいいので、お部屋別々にしませんか？」

「しません。ほら、早くこっちおいで。百葉ちゃんが来ないなら俺が襲っちゃうよ」

「お、おそ……!?」

　これも冗談なのか、はたまた本気なのか。

「可愛がってあげるからおいで」

　うぅ、そんな言い方されたら逃げるすべなし。

　控えめに扉を盾にしながら中に入ると。

「なんだ、そんな可愛い格好隠してたの？」

「部屋着が可愛すぎて困ってます……っ」

「俺は百葉ちゃんが可愛すぎて困ってるよ」

　真っ白の襟に、薄いピンクの足首まで隠れる丈のワンピース。

　袖と胸元に赤のリボンが結ばれてて、とっても可愛いデザイン。

　……なんだけれど。

　わたしには可愛すぎて、着るのに抵抗が……。

「うぅ……やっぱり無理ですっ！」

「こら、逃げないの。ちゃんと見せて」

　恥ずかしすぎて、部屋の隅っこに逃走。

　……しても、神楽くんが追いかけてくるので逃げ回ってると。

「わわっ……」

　運悪く足が絡んで転んでしまい……。

「はい、つかまえた」

　神楽くんのほうに倒れてつかまりました。

　これはぜったい逃がしてもらえない予感。

「うぁ……あんまり見ないで、ください」

「ねぇ、百葉ちゃん。それ計算して狙ってるの？」

「け、計算ですか？　えっと、今は特に何も……」

「無自覚ほど怖い武器ってないよね」

　さっきから神楽くんは何を言ってるんだろう？

　はっ、もしかしてわたしがドジしたことに怒ってる……!?

　そ、それとも、部屋着があまりに似合ってなくて呆れてるとか……!?

　うぅ、考えだしたらキリがない……。

「あの、今コンタクトを外してしまって。メガネも家なので、少し目が見えにくくて」

「あぁ、なるほどね。じゃあ、俺の好き放題にできちゃうわけだ」

「えっ？」

「今のは気にしないでね。百葉ちゃんを可愛がることしか考えてないから」

うーん……。

これはスルーしていい……のかな？

「さて、そろそろベッドいこっか」

「きゃっ……！　な、なんで抱っこなんですか!?」

「俺が百葉ちゃんに触れたくて限界だから」

　ひょいっと抱き上げられて寝室へ。

　部屋中ぐるっと見ても、ベッドはひとつだけ。

　えっと、ベッドを使うのは神楽くんで。

　だとしたら、わたしはどこで寝たら……？

「百葉ちゃんは俺とここで寝ようね」

「寝る場所まで一緒なんですか!?」

「もちろん。ベッドはひとつしかないからね」

　神楽くんのご両親が、別で布団を用意してくれたみたい
だけど。

　神楽くんがどうしても一緒に寝たいって。

　これじゃ、わたし間違いなく寝不足じゃ……。

　ドキドキしすぎて眠れるわけがない……！

「あのっ、やっぱりわたしは布団で寝ます……！」

「ダーメ。そんなの俺が許すと思う？」

「許してもらわないと……っ」

「もらわないと？」

「ドキドキしすぎて眠れません……」

「ずいぶん可愛いこと言うね？　それは俺のこと意識して
くれてるの？」

「い、意識というか……神楽くんのそばにいると、心臓が

大変……なんです」

　恥ずかしくて仕方ないのに。

　神楽くんがむぎゅっと抱きついて。

「ほんとだ。心臓の音すごいね」

「うぅ、そこに顔埋めないでください……っ」

　ドキドキしてる音を聞かれちゃう。

　それに、こんなベッドの上でふたりっきりなんて。

「うれしいなぁ。百葉ちゃんが俺を意識してくれて」

　ひょこっと顔をあげて、ちょっとうれしそうにしてる。

　うっ……この角度で甘えられるのは心臓に悪い……っ。

「百葉ちゃんの髪から俺と同じ匂いがするのもたまんないなぁ」

「シャンプー借りた……ので」

「うん、めちゃくちゃ興奮するよね」

「へあ……え!?」

　神楽くんの手が背中に回って、優しく抱きとめられながら身体がゆっくりベッドへ。

　真上に覆いかぶさる神楽くんは、いつもの笑顔を崩さないまま。

　でも、瞳がすごく熱っぽい。

　それに、なんだろう……。

　いつも見てる神楽くんと、何かちょっと違う気がして。

　……さらにドキドキするのは。

「ねぇ……もっと百葉ちゃんに触れていい?」

「え、あっ……」

　　ゆっくり唇に触れてきて、わたしの反応をうかがってる。

　　ほんとに軽く触れられてるだけ……なのに。

　　身体が反応して、ピクッと震えちゃう。

「百葉ちゃんが嫌ならしない」

「っ……」

　　答えをわたしに迫るのはずるい……。

　　拒否しようと思えばできるくらい。

　　神楽くんはただ優しくわたしを抱きしめながら、見つめ
てくるだけ。

「嫌なら逃げて」

　　スローモーションのように近づいて——ふわっと唇が塞
がれた。

　　前にキスされたときの感覚が、よみがえってくる。

　　最初はただ触れてるだけ。

　　キスされたまま……神楽くんと目線がしっかり絡んで。

　　そらそうとすれば……。

「もっと俺のこと見て」

「ん……っ」

　　そらすのを許してくれない。

　　神楽くんの熱い瞳が、じっと見つめてとらえたまま。

　　ただ唇が触れて、見つめられてるだけなのに。

　　身体の内側が熱くて、少し身をよじらせると。

「キスだけでこんな感じちゃうんだ？」

「んぅ……」

「俺にしか見せちゃダメだよ……こんな可愛い顔」

　唇がジンッと熱くて。

　触れて、こすれたところが、ずっと熱を持ち続けてる。

「はぁ……っ、どうしよう。止まらないね」

「ふぅ……」

「もっと口あけてみて」

　言われるがまま。

　わずかに口をあけると。

「あぁ……口あけてるのエロくて困っちゃうね」

「んっ……」

　苦しくて、息を整えられたのは一瞬。

　すぐにまた塞がれて、口の中に熱い舌が入ってくる。

　ただでさえ、触れてるキスだけでも身体が反応しちゃう
のに。

　このキスは、もっと……もっと身体が過剰に反応して自
分が自分じゃなくなってしまう……っ。

「かぐら、くん……っ」

　頭からつま先まで全身……甘さに溶かされそうで。

　キスが深くなっていくと、限界を超えて思考がうまく回
らなくなっていく。

「今だけ……昊芭って呼んで」

「ん……」

「ね……百葉ちゃん。おねがい」

　ボーッとする意識の中。

　たぶん……ほぼ無意識。

「昊芭……くん……」

　名前を呼びながら……神楽くんの首筋に腕を回して、ギュッと抱きついてた。

「っ……、それはずるいよ百葉ちゃん」

「……っ？」

「呼ばせたのは俺だけど……」

「ふぁ……んっ」

「煽ったのは百葉ちゃんだから──容赦しないよ」

　この日の夜は、わたしが意識を飛ばすまでずっと──。

「はぁ……どれだけしても足りない」

「ん、もうほんとに……っ」

「まだばてちゃダメだよ。俺はもっと百葉ちゃんが欲しい」

　キスが繰り返されて、求められて。

「……ぜんぶ脱がして、めちゃくちゃにしたくなるね」

「ぅ……っ」

「今はキスで我慢するけど」

　最後のほうは、もう意識が飛んでしまいそうで。

　身体に甘い刺激が残るだけ。

「いつか、百葉ちゃんの心も身体も……ぜんぶ俺にちょうだいね」

　神楽くんが満足するまで、甘いキスが続いた。

会長の甘く惑わすキス。

　10月に入って秋めいてきたころ。

　今日はお兄ちゃんと一緒に、駅の近くにあるショッピングモールへ買い物に。

「百葉とこうして出かけるの久々だなー」

「そうだね。最近お兄ちゃん大学のことで忙しそうだったし。だから、こうして出かけられてうれしいかな」

「なんだー、そんな可愛いこと言っても何も出ないぞー？」

　自分で言うのもあれだけど、お兄ちゃんは妹のわたしをすごく可愛がってくれる。

「百葉は可愛いから目を離すと危ないよなー」

「お兄ちゃんこそ、ほめても何も出ないよ！」

「ははっ、本心なんだけどな？　学校でも素顔のままでいたらいいのに。隠すのもったいないぞー？」

「誰もわたしの素顔に興味ないし、可愛いって言ってくれるのお兄ちゃんくらいだよ」

「そうか？　この前の王子様はどうしたんだー？」

「もうっ、その話はしないで……！」

　そんなこんなでショッピングモールでお買い物。

　最近少し寒くなってきたので、マフラー買おうかな。

　お兄ちゃんと一緒に、雑貨屋さんでいろいろ見て回ってると。

「ねぇ、あの人見て……！　めちゃくちゃかっこよくな

い!?」

「ほんとだぁ～！　大学生かな。背も高いし顔も整ってる
し大人っぽいよね!!」

　どうやら女の子たちの話題の中心にいるのは、お兄ちゃ
んのよう。

　こうしてお兄ちゃんと歩いてると、間違いなく女の子た
ちから注目を浴びるわけで。

「でもさ、一緒にいるの彼女かな～？」

「すごく仲良さそうだもんね～。あれはぜったい付き合っ
てるわ」

　付き合ってません、付き合ってません……！

　兄妹ですから……!!

「おっ、これとか百葉に似合うんじゃないか？」

「うわっ、お兄ちゃん近いよ!!」

「今さらどうしたんだよ？」

「お兄ちゃんモテモテなの自覚して……！　隣にいるわた
し彼女に間違われてるから！」

「百葉可愛いもんなー。俺たち普通に歩いてたら、カップ
ルにしか見えないだろうな？」

「うぅ……お兄ちゃん目立つからやだ……」

　かっこいい自慢のお兄ちゃんだけど。

　こうして一緒にいると、兄妹じゃなくて彼女に間違われ
ることが多くて大変。

＊　＊　＊

　しばらくショッピングモール内を歩いて、疲れたのでカフェへ。

　ここでもお兄ちゃんは、女の子たちからの視線を集めてしまい……。

「あの！　デート中にすみません！　かっこよくて思わず声かけちゃいました！」

　なんと声をかけてくる女の子も。

　女の子は少し気まずそうに、わたしを見てるけど。

「か、彼女さん……ですよね？　めちゃくちゃ可愛いですね！」

　だからぁ……彼女じゃないですよぉ……。

「あぁ、この子は俺の妹なんだよー」

「え？」

「彼女とデートというより、妹とデート中かな」

「え!?　い、妹さんなんですか!?」

　このリアクション何度見てきたことか……。

「そうそうー。よく彼女に間違われるんだよねー」

　わたしとお兄ちゃんを交互に見て、まだ驚いてる様子。

　親戚とかには似てるって言われるけど。

　他の人からしたら、あんまり似てないのかな。

「いやー、やっぱり俺と百葉は恋人同士に見えるんだなー」

「お兄ちゃん目立つから、わたしまで巻きぞえだよ……」

「そういえば懐かしいなぁ。少し前、俺が百葉と一緒にいたら浮気だって大泣きされたよなー」

　あぁ、そんなこともあったっけ。

　お兄ちゃんの彼女さんが、偶然わたしとお兄ちゃんが一緒にいるところを目撃。

　しかも、お兄ちゃんがわたしにベタベタしてたから、もうそれで彼女さんカンカンに怒っちゃって。

「あのときわたし大変だったんだよ。お兄ちゃんの彼女さんからものすごい嫌われちゃったし……」

　当時、彼女さんはわたしが妹だって知らなかったから、もう大騒ぎ。

　家まで来ちゃって、大変なことになったのがわりと新しい記憶。

「まあ、最終的には誤解も解けたからよかったけどなー」

「あのままだったら、わたし確実に恨まれてたよ」

　お兄ちゃんは彼女さんがすごくだいすきだから、浮気なんてしてないって必死に弁解。

「百葉は妹に見えないもんな。いつも隣に連れて歩いてると、事情知らない大半の人に彼女だって誤解されるしな」

「わたしが高校入学した頃、お兄ちゃんが学校に迎えに来てくれたときも大変だったんだよ」

　そのとき、お兄ちゃんは門の付近で待っててくれたんだけど。

　イケメン大学生が誰かを迎えに来てるって、学校中で大騒ぎ。

　しかも、お兄ちゃん車で来てたから、もう余計に目立っちゃって。

　わたしは当時から目立つのが苦手だったから、その日お

兄ちゃんを置いて帰った記憶がある。

「あのとき百葉ひどいよなぁ。俺を置き去りにするなんて」

「だって、あのイケメンの彼女きちんと見届けるって、女の子たちの気合いがすごかったもん……」

「ははっ、そのまま彼女ですって堂々としたらよかったのにな」

「そんなことしたら、わたしの地味な高校生活が一瞬で砕け散っちゃうよ」

　わたしは今も変わらず、平穏に地味に高校生活を送りたいわけで。

「今もこうしてふたりでいるところ、学校の人に見られたりしてな？　デートって誤解される可能性あるぞー？」

「そんな偶然ないよ。それに、もし学校の人に会ってたとしても、普段のわたしと全然違うから気づかないと思うし」

　こうして、お兄ちゃんとショッピングを終えて帰宅。

＊　＊　＊

　翌週——。

　いつもと変わらず登校すると。

「おっ、更科ちゃんおはよ！」

「雪峰くん、おはようです」

　いつも通り雪峰くんが挨拶をしてくれて。

　神楽くんもわたしに気づいて……パッと目をそらした。

　あれ……。

　今たしかに目が合ったような気がしたんだけど。

「えっと神楽くん、おはようございます」

「……あぁ、おはよう」

　顔は笑ってるけど、なんだか不機嫌そう……？

　どこかそっけないような。

　気のせい……かな。

　神楽くんの様子に、どこか違和感を覚えたまま。

　お昼休み、神楽くんが教室を出ていった直後。

「ねーね、更科ちゃん‼」

「は、はい。な、なんでしょう？」

「今日さ、昊芭の機嫌めっちゃ悪いの気づいた⁉」

「あ、やっぱり……」

　どうやら雪峰くんも気づいてたみたい。

「先週は普通だったんだけどさ！　アイツ不機嫌オーラ隠すのへたくそなんだよなー」

「何かあったんですかね」

「ってか、昊芭の場合不機嫌なのに笑ってんのが怖いんだよね！　怒り隠しきれてないっていうかさ！」

　やっぱり何か怒ってるのかな。

　神楽くんにしては珍しい。

　でも、神楽くんにも機嫌悪いときだってあるよね。

　神楽くんが不機嫌な理由が判明しないまま。

　また数日後。

　今日は生徒会の集まりがある日なんだけれど。

「百葉先輩……‼」

「花森さん、どうかした？」

「あの、最近会長めちゃ機嫌悪くないですか!?」

　神楽くんに聞こえないように、ひそひそ話。

　雪峰くんだけじゃなくて、花森さんまで。

「なんか怒ってるけど、それを抑えてる感じしません!?　だから余計に怖いというか！」

「わたしも数日前から気になってたんだけど、何もわからなくて」

「えぇ、百葉先輩でもわからないってことは、誰がわかるんですか!?」

「い、いや、たとえば会長のお友達とか？」

「てっきり、百葉先輩なら理由知ってるかなと思ったんですけどぉ！」

　やっぱり何かあったのかな。

　気になるけど、聞いていいものかわからないし。

「会長どうかしました？　なんだか最近いつもの会長らしくないですね」

　壱瀬くんが神楽くんに話しかけにいく様子を見て「うわっ、志那くんハート強すぎ……!!」って、花森さんがびっくりしてる。

「別にどうもしないし、いつも通りだよ？」

「笑顔が怖いですよ」

　うわ……またしても壱瀬くんストレートすぎでは。

「ははっ、普通に笑ってるつもりなんだけどな」

「なんか黒いオーラ隠しきれてないっていうか。更科先輩

と何かありました？」

　え、えっ？　わ、わたし??

「どうして更科さんの名前が出るのかな？」

「なんとなくです。会長の機嫌は更科先輩次第だなーって、俺の中で勝手に思ってるんで」

　えぇ……それってどういうこと??

　頭の上にはてなマークしか浮かばない……。

「壱瀬くんは敵に回しちゃいけないね」

「会長って結構わかりやすいタイプですもんね」

「そうかな。壱瀬くんはなかなか観察力があるね。あなどれないなぁ」

「お褒めの言葉ありがとうございまーす。それじゃ、これデータのチェックだけお願いしますね」

　ふたりの会話の内容が、さっぱり理解できず。

　でも、神楽くんと壱瀬くんの間では成り立ってたみたいだし。

　ますます謎が深まるばかり。

　そのまま定例会議が行われて、個人の仕事が終われば解散に。

　花森さんと壱瀬くんは、いつも通りふたりで帰るみたい。

　神楽くんの機嫌がつかめそうにないから、わたしもふたりと一緒に帰ろうかな。

　……と思ったら。

「更科さんだけ残ってもらってもいいかな？」

「え？」

「聞きたいことがあるんだ」

　花森さんと壱瀬くんが生徒会室を出たあと……神楽くんとふたりっきり。

　それに、神楽くんが扉のほうへ行って──ガチャッと鍵をかけた音がした。

　なんだかいつもと違う空気のような気がして、少し緊張する。

「百葉ちゃん」

「は、はいっ」

「……こっち来て」

　低くて怒りを抑えてるような声。

　神楽くんがいるほうへゆっくり近づくと。

　何も言わずに手をつかまれて。

「きゃっ……」

　少し乱暴にソファに押し倒された。

　一瞬のことすぎて、何が起きてるのか理解が追いつかず。

　黙り込んだまま、神楽くんの表情はかたいまま。

「どうして俺以外の男に素顔見せたの？」

「……え？　なんのこと、ですか？」

　なんだか怒ってる……？

　わたし何かした……かな。

「へぇ……とぼけるんだ？」

「えっと、なんのことか本当にわからなくて……」

　結んでる髪がほどかれて。

　メガネもゆっくり外されて。

「……俺だけじゃないの？　百葉ちゃんの素顔独占できる
のは」

「神楽くんだけ、ですよ……？」

　こんなふうに素顔を見せるのも、近くで触れ合うのも。

　ぜんぶ神楽くんだけ……なのに。

「百葉ちゃんの嘘つき」

「え……んっ」

　不意に唇が重なった。

　前にされた甘いキスとは違う。

　強引に何かをぶつけるようなキス。

「かぐら、くん……っ」

「……今は優しくしてあげられない」

「んん……」

　グッと唇を強引に塞いだまま。

　強く感触を残すように、キスがどんどん深くなって。

「もっと……まだやめない」

「ぅ……はぁ」

「百葉ちゃんが悪いんだよ。俺をこんな嫉妬させて」

　キスが深すぎて、神楽くんの声がうまく耳に届かない。

　それに、視界がぼやけてるせいで、神楽くんが今どんな
顔してるのか見えない。

　ただ……唇から伝わってくるのは。

「……なんで俺だけを見てくれないの」

　必死に抑えてる……甘くて激しい感情。

　神楽くんがわからない……。

　どうして怒ってるんですか……？

　どうしてこんな、いつもと違うキスするんですか……？

　ぜんぶ聞きたいのに――キスに邪魔されて、流されてし
まう。

会長らしくない一面。

「百葉。どうしたのよ、そんな暗い顔して」

「え、あっ……ちょっと悩み事……みたいな」

「神楽くんのこと？」

「な、なんでわかるの？」

「わかるわよ。最近の百葉が何か悩んでるといえば、神楽くんのこと一択でしょ」

「そんなにわかりやすいかな」

「とってもわかりやすいわよ。……で、何をそんなに悩んでるの？」

　つい最近、神楽くんが何か怒ってるように感じたこと。

　わたしが原因っぽいけど、理由がわからないこと。

　そしてわたしに対して、なんだかよそよそしくてそっけないこと。

　ぜんぶ塔子ちゃんに相談すると。

　塔子ちゃんは深く、ため息をつきながら。

「はぁ……はっきり言うけど、なんであなたたち付き合ってないのよ」

　塔子ちゃんに痛いところを突かれてしまった。

　そもそも、曖昧なままにしていたのがダメだったかもしれない。

　付き合ってもいないのに、触れたりキスしたりするのはどうなんだろう。

　すごく今さらなことなんだけれど。

「もうさっさと付き合っちゃえば？　そうすれば解決しそうな問題じゃない。ってか、ここまでしておいて付き合ってないとかありえないでしょ」

「うぬ……」

「まあ、神楽くんの機嫌が悪い理由はわからないけど。いずれにしても、百葉が関係してるんでしょ？　直接聞いてみたらいいじゃない」

「それが聞けなくて。なんだか最近の神楽くんすごく他人行儀っていうか、前よりも距離感が遠いような気がして」

　話しかけても、なんだか不自然で違和感あるし。

　わたしが話しかけると避けられることもあるし。

　実際、休み時間に神楽くんに話しかけてみると。

「あ、あの神楽くん……」

「あぁ、ごめんね。今から急ぎの用事があるんだ」

「少しだけでもいいので……」

「ごめんね。また今度聞くよ」

　――と、こんな感じで避けられるわけで。

　前はこんなことなかったのに。

　都合が悪そうに、そそくさと教室を出ていってしまった。

＊　＊　＊

　――放課後。

　神楽くんとは相変わらず話せないまま。

　今日は生徒会がない日。

　校舎を出ると、偶然にも神楽くんと帰るタイミングがかぶってしまった。

　あぁ……どうしよう。

　少し気まずい。

　避けられてる手前、わたしから話しかけられないし。

　結局、無言のまま校舎を出て門まで神楽くんと横並び。

　門を出ても最寄り駅まで一緒だろうし。

　この気まずさが続くのは耐えられない――。

「きゃー!!　あそこにいるイケメンなに!?」

「私服だし、うちの学校の生徒じゃないよね!?」

「大人っぽいから大学生とか!?　誰か迎えに来てるのかな!」

　門のほうが何やら騒がしい。

　とくに女の子たち。

　門のところに集結してる。

　い、いったい何事――。

「おっ、百葉ー!　近くに用事あったから迎えに来たぞ?」

「っ!?」

　お、お兄ちゃんがなんでここに!?

　というか、この騒ぎの中心はまさかお兄ちゃん!?

「授業お疲れー。せっかくだから一緒に帰ろうと思ってな?」

「な、なんで学校来ちゃうの……」

「たまには百葉と帰るのもいいなーと思ってだな」

　あぁ、こうして話してる今も、めちゃくちゃ注目浴びてるよぉ……。

「え、あの子って更科さんだよね？　親しげに名前呼ばれてたけど。まさか彼氏？」

「いやいや、あの地味子ちゃんにあんなイケメン似合わないでしょ〜」

「でも仲良さそうじゃん？　更科さんって見た目地味だからもっとおとなしいと思ってたけど、案外そうでもない感じ？」

　うぅ……耳が痛い。

　周りからいろんな声が聞こえる……。

　これは早いところお兄ちゃんを連れて帰らないと。

「あ、もしかして俺お邪魔だった？」

　お兄ちゃんの目線が神楽くんに向いた。

　はっ、そうだ。

　すぐ近くに神楽くんもいたんだ。

　周りのことに気を取られてたせいで、すっかり忘れてた。

「いえ。俺のことはお気になさらず」

「そっか、そっかー。それにしても、百葉が男の子と一緒にいるなんて珍しいな？」

「生徒会で一緒にお仕事してる会長さんで」

「あぁ、そうなのか。ん？　会長さんってこの前言ってた王子様──」

「わぁぁ、それ以上は何も喋（しゃべ）らないで……！」

　それ神楽くんの前で言っちゃダメなのに……！

　慌ててお兄ちゃんを止めようとしたら。

「……？　え、神楽くん？」

　真剣な顔をして、わたしの手に優しく触れてきた。

　びっくりして、思わず神楽くんを見つめると。

　数秒目が合って……少しして神楽くんがハッとした顔を見せた。

「……あぁ、ごめんね」

　触れた手がパッと離れていって。

「じゃあ、俺はこれで失礼するから」

　今の神楽くんの様子が、とても引っかかる。

　何かを言いたそうで、でも言わないように我慢してたようにも見えて。

　この日を境に神楽くんの態度が、もっとそっけなくなったような気がして。

　教室で話すのも挨拶程度。

　生徒会がある日も、会話は必要最低限。

　今までずっと"百葉ちゃん"って呼んでくれてたのに、"更科さん"に戻ってるし。

　みんなと接してる様子だって、いつもと変わらないのに。

　わたしだけ……距離を置かれてるような気がする。

　なんだか少し前……３年生になったばかりの頃の距離感に戻ってる気がする。

　前より神楽くんとの距離は近づいたはずなのに。

　今はまた振り出しに戻ってるような。

「どうしてこんな、気持ちが遠くなったんだろう……っ」

　せっかく神楽くんと近づけて、いろんな一面を知ることができたのに。

　周りのみんなが気づかないところに目を向けて、さりげなく言葉をかけてくれる。

　わたしが失敗して誰かをうまく頼れなかったときも。

　人に甘えることも大切って、教えてくれたのは神楽くんだった。

　見た目だけで人を判断しない。

　わたしが地味だって陰で言われたときだって、かばってくれた。

　異性に対してあった苦手意識も、なぜか神楽くんにだけは不思議となくて。

　近くで見つめられたり触れられたり。

　神楽くんの言葉ひとつひとつに、胸がドキドキしたり。

　前に神楽くんから言われたこと。

　『俺のこと意識してくれてるってことだ？』って。

　このときは、なんのことか理解ができなかったけれど。

　今ならわかる気がする。

　きっと、このときからわたしは——。

「あっ……なんで涙なんか……っ」

　気づいたら、瞳いっぱいに涙がたまってた。

　こんなのはじめて……。

　涙も感情も、うまくコントロールできない……っ。

　胸が痛くて……苦しくて。

　いま神楽くんはそばにいないのに。

　神楽くんのことで頭の中がいっぱい。

　この涙も神楽くんのことを想うと、さらにあふれて止まらなくて。

　神楽くんのことばかり考えてしまうのはきっと──。

「っ……こんな気持ちになるんだ」

　わたしが神楽くんを好きになったから。

＊　＊　＊

「はぁ……」

「なんだー、百葉？　最近ため息多いな？」

　晩ごはんの時間。

　わたしの箸があまり進んでいないのと、ため息に気づいたお兄ちゃんが心配してくれてる。

「何か悩み事かー？」

「うーん……悩み事、かな」

「さては例の会長さんと何かあったんだろ？」

「……っ!!」

　な、なんでお兄ちゃんスパッと当てちゃうの。

「今の百葉のリアクションで確定したな。どうした、王子様と何かあったのか？」

「王子様って言い方どうにかしてよぉ……」

「まあ、細かいことは気にするな！　兄ちゃんでよければ話聞くぞ？」

　うっ……めちゃくちゃ話聞きたいって顔してる……。

　相談して解決する……のかな。

「最近、神楽くん──会長に避けられてる気がして……。なんだか前より態度もそっけなくて、冷たいように感じるの……」

「ほーう。それは百葉だけに対してなのか？」

「う、うん。でも、接し方が優しくないとかそういうわけじゃなくて……。なんかこう、怒ってる……みたいな」

「なるほどなー。会長さんの様子が変わったのって、いつぐらいだ？」

「結構最近……かな。少し前の休み明けくらいから」

「百葉は別に何かしたとか心当たりはないんだろ？」

「うん……。ないから余計にわからなくて」

「それはもしかしたら、百葉が知らないところで会長さんに何か起きたのかもしれないなー」

「何か起きたって……？」

「会長さん怒ってたんだよな？　それって、例えばだけどヤキモチ焼いてたとか？」

「ヤキモチ……？　な、なんで？」

　あっ……でもそういえば。

　前に生徒会室でふたりっきりになったとき……。

『どうして俺以外の男に素顔見せたの？』

『……俺だけじゃないの？　百葉ちゃんの素顔独占できるのは』

『百葉ちゃんの嘘つき』

　何かをぶつけるようなキスをされたとき、こんなこと言

われたような。

「もしかしたら、とんでもない偶然がいろいろ重なった可
能性があるなー」

「偶然……？」

「ほら思い出してみろ。事情を知らない人が、俺と百葉が
一緒にいるのを見たら、どういう関係だと思う？」

　よく間違われるのは、恋人同士とかだけど。

　それと、神楽くんが怒ってる理由に何か関係があるの？

「普通は付き合ってるって思われるだろうな？　これは俺
の推測だけど……。会長さんは、俺と百葉が一緒にいると
ころを偶然見かけたんじゃないか？」

「え？」

「俺と百葉が恋人同士だって勘違いしてるかもしれないな。
それに嫉妬した可能性あるんじゃないか？」

　え、え……？

　そんなことある？

　でもたしかに、神楽くんはわたしにお兄ちゃんがいるこ
とは知らない。

　それに……。

　神楽くんの様子がおかしかった休み明けのとき。

　たしか、その数日前の休みの日に、お兄ちゃんとショッ
ピングモールに出かけたんだ。

「まあ、兄妹って気づくほうが難しいわな」

　まさか、偶然神楽くんもショッピングモールに来てて。

　わたしとお兄ちゃんが一緒にいるところを見かけたって

こと……？

　でも、そんな偶然ありえる……？

「それと、百葉にいいこと教えてやるよ」

「いいこと？」

「この前、俺が百葉を学校に迎えに行ったときあったろ？　そのとき一緒にいた会長さん、俺のことすげー睨んでたからな」

「お、お兄ちゃんまさか神楽くんに何かしたの？」

　あのとき神楽くんとお兄ちゃんは、軽く話した程度だったけど。

「まてまて、俺は何もしてないからな？　向こうが勝手に敵対心むき出しって感じで睨んできたんだぞ」

「え、え？　どうして？」

　やっぱりお兄ちゃん何かしたんじゃ。

「百葉は恋愛に鈍感だもんなー。簡単なことだよ。会長さんは俺に嫉妬してたんだよ。まあ、俺と百葉の関係を知らない身からすれば、ヤキモチ焼くのはわからなくもないし」

「ヤキモチって？」

「決まってるだろ。会長さんが妬いてるんだよ。俺に百葉を取られたと思ってな」

「え、ええ……!?」

　もし、お兄ちゃんが言ってることが本当だったら。

　とんでもない誤解をされてるんじゃ。

「百葉が逆の立場だったらどうする？　例えば、会長さんに大学生のお姉さんがいたとして。偶然ふたりがいるとこ

ろを見たらどう思う？」

「付き合ってるのかなって思っちゃう……」

「だよなー。普通は誤解するわな。もし百葉が会長さんの
こと好きだったら、モヤモヤするしヤキモチ焼くだろ？」

「う……ん」

「会長さんも今そんな気持ちなのかもしれないなー。百葉
に対してそっけないのは、それが原因だな。本人にたしか
めてみたらどうだ？　百葉も誤解されたまま避けられるの
つらいだろ？」

「たしかめるも何も……」

「じゃあ、百葉がいま会長さんに対して想ってる気持ちを、
素直に伝えてみたらどうだ？」

「っ……」

「きっと百葉の気持ちに応えてくれるんじゃないか？」

　せっかく神楽くんを好きだって気づいたのに。

　伝えられずに逃げてしまって。

　このままずっと、距離ができたままなんて嫌だ。

　前みたいに……ううん、前よりもっと神楽くんに近づき
たい。

　伝えなくちゃ……今の好きって気持ちを。

☆
☆
☆　　☆

第 4 章

会長に好きだと伝えたくて。

　気づいたら家を飛び出してた。

　早く……早く神楽くんに気持ちを伝えたくて。

　そして、誤解を解きたくて。

「え、うわ……雨降ってきちゃった」

　なんとタイミング悪く、空から雨粒（あまつぶ）が。

　ほんとは明日まで待って、伝えることちゃんとぜんぶまとめようと思ったのに。

　もうそんなの待っていられなくて。

　時間も気にせず、ただひたすら夢中で走って。

「うわぁ……髪も服も大変なことになってる……」

　神楽くんのマンションに着いた頃には、全身びしょ濡れ。

　うぅ……なんでこのタイミングで雨降るの……。

　でも、せっかくここまで来たわけだし。

　勢いのままインターホンを押してしまった。

　押した直後、ぶわっといろいろな考えが頭に浮かぶ。

　いきなり来て迷惑かもしれないとか。

　こんなびしょ濡れ状態で、しかも気づけば時刻は夜の7時を回ってる。

　話す内容もまとまってないし、神楽くんぜったいびっくりするだろうし。

　そもそも最近、神楽くんと気まずい空気のままだっていうのに。

　ど、どうしよう。

　考えだしたらキリがない……！

　──と、悩んでいたら扉がゆっくり開いて。

「……え。なんで百葉ちゃんがここに？」

　目を見開いて、驚いた様子の神楽くんが出てきた。

「あ、あの……っ、突然来てしまってすみません……っ」

　いま何気なく、久しぶりに〝百葉ちゃん〟って呼んでもらえて。

　それだけで胸のあたりがざわざわしてる。

「神楽くんに話したいことがあって……」

「とりあえず中に入って。外寒かったでしょ？」

　神楽くんにさらっと手を取られて部屋の中へ。

　心臓の音が、指先から伝わってしまいそうなくらい……ドキドキは最高潮。

「こんな遅い時間にどうしたの？　ひとりで外に出たら危ない──」

「どうしても神楽くんに伝えたいことがあって……っ」

　気づいたら神楽くんの胸の中に飛び込んでた。

「……え、ちょっ。百葉ちゃん？」

　大胆なことしてるってわかってるけど。

　想いを伝えなくちゃって、気持ちだけが先走って。

「神楽くんに誤解されたまま、避けられるのは心が苦しいです……。もうわたしは必要ないですか……っ？」

　今まで胸の中にため込んでいた言葉が、ぜんぶあふれてしまいそう。

「神楽くんから距離を置かれてしまうと、心がとても寂しくて耐えられないです……っ。そばにいたいなんて、欲張りなことは言いません。ただ、いつも通り接してもらえないですか……っ?」

「…………」

「わたしの想いに応えてほしいなんて、わがままは言わないので……っ。わたしの気持ち聞いてほしいです……」

　まとまってなくても。

　ただ伝えたいことを言葉にすれば──。

「わたしは、神楽くんのことが好きです……っ」

　伝えた瞬間、胸のあたりがふわっと軽くなった。

　同時に、返ってくる言葉に不安になってドキドキして。

　神楽くんの顔が見れない。

「……わがままなんて思わないのに」

「え……?　……ん」

　うつむくわたしに目線を合わせて……すくいあげるように唇が重なった。

　なんで、キス……?

　ただ触れるだけで、じっと見つめたまま。

　何が起きてるのか頭の中はパンク寸前。

「身体少し冷えちゃったね。シャワー浴びておいで」

　何を言われるかドキドキしてたのに拍子抜け。

　そういえば、わたし今もびしょ濡れのままだ。

　告白するのに夢中で、すっかり忘れかけてた。

　こうして、シャワーを浴びることに。

　身体が冷えていたから、シャワーがすごくあたたかい。

　なんだか勢いのまま告白してしまった。

　ちゃんと伝わったかな。

　神楽くんの返事は聞けなかったけど……。

「百葉ちゃん」

「は、はい！」

　扉1枚越しに神楽くんの声がしてびっくり。

「俺のシャツ置いておくから、これ着てね」

「あっ、ありがとうございます……！」

　シャワーから出たら平常心でいられるかな。

　このまま振られちゃうかもしれないし。

　うぅ……考えだしたらグルグルしてしまう……。

　シャワーで身体をしっかりあたためて、用意してもらったシャツに着替えた。

　ちょっとぶかぶか……かな。

　神楽くんの優しくて甘い匂いがする。

　ただ神楽くんのシャツを着てるだけなのに。

　なんだか抱きしめられてるみたいで、すごくドキドキする……っ。

　脱衣所から出ると、いちばん奥のリビングに明かりがついてる。

　神楽くんはそこで待っててくれてるのかな。

　扉を開けて中を覗き込むと。

「おいで百葉ちゃん」

「っ……」

　前と同じように名前を呼んでもらえて、抱きしめてもら
えて。
　これだけでうれしくて、ドキドキするなんて。
　わたしってすごく単純だ。
「身体ちゃんとあたたまった？」
「は、はい」
　わたしが少しギュッてすると、神楽くんはもっと強く優
しく抱きしめ返してくれる。
　こんな近くで神楽くんの体温を感じるのは久しぶり。
　こうして触れ合えることは、もうないかもって思ってた
から。
「さっき俺を好きだって言ってくれたのはほんと？」
「ほ、ほんとです。この気持ちに嘘はないです」
「前に一緒にいた人は？」
　やっぱりお兄ちゃんのこと誤解されてる。
「そのことなんですけど、誤解なんです」
「どういうこと？」
「この前学校に来てたのは、わたしの兄なんです」
「……え？　百葉ちゃんお兄さんいたの？」
「３つ上の大学生の兄がいて。兄妹に見えないってよく言
われるんです」
「なんだ……あの人お兄さんだったのか……。俺てっきり
百葉ちゃんの特別な人かと思って、すごく落ち込んだのに」
　神楽くんが深くため息をついて。
　でも、どこか安心したような顔をしてる。

「百葉ちゃんとすごく親しそうだし、百葉ちゃんの素顔知っ
てるみたいだから」

「さすがに兄の前では素顔を隠す必要はないかな……と」

「だったら、この前見かけたのも俺が誤解してただけかぁ」

　そのことについて話を聞くと、なんとものすごい偶然が
発覚。

　わたしとお兄ちゃんが、ショッピングモールに出かけた
休みの日。

　偶然、神楽くんもそこに買い物に来てたみたいで、わた
しとお兄ちゃんを見かけたらしく。

「あれはどう見たって、デートしてるカップルにしか見え
ないよ。兄妹ですって言われるまで気づくわけないよね」

「それなら声をかけてくれたら……」

「そんな余裕なかったよ。百葉ちゃんを取られたって、焦
る気持ちと嫉妬でいっぱいだったんだから」

　少しだけ抱きしめる力をゆるめて。

　ちゃんとわたしの目を見ながら。

「俺もね、百葉ちゃんが好きだよ」

「……え？」

「真面目で一生懸命なところも好き。控えめで気遣いがで
きるところも好き。みんなが見てないところで、たくさん
頑張ってる姿も好き。守ってあげたくなる可愛さも……百
葉ちゃんのぜんぶが好き」

「ぅ……そ、そんなにたくさん好きって言われると恥ずか
しいです……っ」

「どうして？　たくさん伝えないと俺の気がすまない」

「こ、これ夢じゃないですか……っ？」

「夢じゃないよ。ほら……」

「んっ……」

　唇に触れる感触が、たしかにしっかり残って。

　ちゃんと現実だよって教えてくれる。

「神楽くんがわたしを好きだなんて、信じられなくて夢みたいです……っ」

「俺結構わかりやすくしてたけどなぁ」

「でも、神楽くん今まで好きなんてひと言も……っ」

「百葉ちゃんの過去の話……男が苦手だって聞いたから。俺が無理やり迫ったら、また百葉ちゃんに嫌な思いさせちゃうかなって。でも俺、ずっと前から百葉ちゃんのこと気になってたよ」

「……え？」

「だから生徒会に入ってくれたのすごくうれしかった。これがきっかけで、俺のことを少しずつでいいから知ってくれたらいいなって」

　付け加えて「けど俺がどうしても触れたいの我慢できなかったのがダメだったね。もっと早く百葉ちゃんに好きって伝えるべきだった」って。

「それに、俺は好きな子にしか触れたいと思わないし、キスもしないよ？」

「それは、てっきりわたしのことをからかってるのかと思って……」

「どうしてそうなるの。こんなに独占したいと思うの百葉
ちゃんだけなのに」

　いまだに神楽くんの気持ちが受け止められない。

　ほんとに、ほんとにわたしでいいのかなって。

　幸せすぎて頭の中が混乱してるのかも。

「お兄さんのこと知らなくて、あからさまに避けて、傷つ
けてごめんね」

「え、あっ……」

「正直すごく嫉妬してた。百葉ちゃんの素顔を知ってるの
は俺だけでいいのにって。他の男に見せてほしくなかった」

「…………」

「俺も心が狭いね……。いちばん傷つけちゃいけない百葉
ちゃんに、悲しい思いさせちゃったから」

「そ、そんなことないです。わたしも逆の立場だったら、
モヤモヤしてヤキモチ焼くと思います……っ」

「百葉ちゃんのヤキモチなら大歓迎だよ」

「ぅ……でも、あんまり妬かせないでください」

「……傷つけて泣かせちゃった分、百葉ちゃんのこと幸せ
にするって約束するから」

　お互いの視線が絡んで。

　触れるだけのキスが落ちて……。

「俺の彼女になってくれますか?」

「こ、こんなわたしでよければ……っ」

「百葉ちゃんじゃなきゃダメなんだよ」

　ドキドキして、胸がこれでもかってくらいキュッと縮

まって。

　好きな人と想いが通じ合う瞬間が、こんなに胸いっぱい
で幸せなんて知らなかった。

「あとね……」

「ひぁ……ぅ」

「俺が少し触れただけで感じちゃう百葉ちゃんも好き」

「うぅ……やっぱりイジワル、ですね」

「百葉ちゃん限定だよ」

「ん……っ」

　唇ぜんぶを溶かしちゃいそうなくらい……とびきり甘く
て、ちょっと強引なキス。

「百葉ちゃんのぜんぶ……愛おしくてたまらない」

「んぅ……」

「俺のキスで甘い声出しちゃう百葉ちゃんも好き」

「やぁ……そんな好きって……ぅ」

「俺が好きって言うたびに身体反応してるの可愛い」

「ふぅ……ん」

「……もっと好きって言いたい」

「やっ……ほんとに、もう……んん」

　キスされながら、頬とか首筋をなぞられて身体がぜんぶ
反応しちゃう。

「そういえば、"彼シャツ"って言葉あったよね」

「っ……？」

「彼女が自分のシャツ着てるのこんな興奮するんだね」

「ふぇ……んっ」

「はぁ……俺の理性もよく頑張ったよね。ずっと百葉ちゃんに触れるの我慢してさ」

　キスで火照った肌に冷たい空気が触れて。

　シャツの中にスルッと手が入り込んできた。

「……っ！　や、手入れちゃ……ぅ」

「我慢してた分、ちょっとだけ許して」

　ど、どうしよう……っ。

　神楽くんが止まってくれない。

　……と思ったら。

　絶妙なタイミングで、わたしのスマホがピコッと鳴った。

「もしかしてご両親からかな？」

「あっ……そういえば、もう夜ですもんね」

　連絡をくれたのはお兄ちゃんで、メッセージが1件。

「……え、え!?」

「どうしたの？」

「いや、えっと……兄が今日帰ってこなくていいよって。わたしが友達のところに泊まるって、両親に伝えてくれたみたいで」

「それは俺と百葉ちゃんがひと晩一緒に過ごせるように、配慮してもらえたってことだ？」

「ど、どうなんでしょう」

「理解あるお兄さんでよかったね」

　ということは、わたしは今日ここに泊まる……のかな。

　いきなり神楽くんとひと晩ふたりっきりなんて。

「じゃあ、ひと晩中ずっと百葉ちゃんのこと触り放題だね」

「さ、触り放題……!?」

「今までかなり抑えてたからなぁ」

「ちょ、ちょっといったん待ってくださ──」

「やだ、待てないよ」

「んんっ……」

「百葉ちゃんがばてるまで……たっぷり俺の相手してね」

＊　＊　＊

「百葉ちゃん。起きて」

「……ん」

「起きないとキスしちゃうよ」

「ん……まだ眠い……です」

　寝ぼけたまま、布団の中でゴソゴソ。

　……してるのは、わたしの身体じゃなくて。

「ん、ん……？」

「起きない百葉ちゃんが悪いよね」

「うぇ……へ？」

　神楽くんの手が何やら動いてて。

　簡単にわたしの肌に直接触れてくる。

「っ……！　な、何してるんですかっ……！」

「ん？　昨日の夜の続き」

「ひゃっ、ちょっ……ぅ」

「俺は満足してないのに。百葉ちゃんが意識飛ばしちゃうから」

「ま、待ってください……っ。まだ朝です……！」

　起きた瞬間から、神楽くんが暴走してて大ピンチ……！

「朝だからどうしたの？」

「いま起きたばかりなので……」

「百葉ちゃんの寝顔が可愛すぎるから。この状況で俺が我慢できると思う？」

「し、してもらわないと──」

「じゃあ、百葉ちゃんが本気で嫌ならしない」

「ぅ……」

　ほんとに嫌だったら、こうして朝まで一緒にいない。

　触れられるのに慣れてなくて、ドキドキするだけで。

　嫌なわけじゃない……。

「……もっとしていい？」

　結局神楽くんのペースに流されて。

　しばらくベッドから抜け出すことができず……。

「神楽くんのキャパについていけません……」

「ははっ。だって、せっかく恋人になれたんだから」

「それにしてもしすぎです……っ！」

「これでも抑えたほうだけどね」

「っ!?」

「できることなら、ずっとしたいけどなぁ」

　このままベッドにいるのは危険すぎて……！

　こっそり抜け出して着替えることにしよう。

　昨日着てきた服は乾いてるかな。

「百葉ちゃんいったん家に帰って制服に着替えるよね？」

「あっ、そうですね。いったん帰ります」

「俺はこのまま着替えて、百葉ちゃんを家まで送るから」

「えっ、大丈夫ですよ。勝手に押しかけたのはわたしですし……」

「俺が百葉ちゃんと一緒にいたいんだよ」

　甘い言葉と甘いキスをそっと落として。

「百葉ちゃんが家で着替えすませたら、ふたりで登校しようね」

　こうしていったん起きて、いろいろ準備をすることに。

　昨日びしょ濡れになった服は、まだ完全に乾いておらず。

「俺の服貸してあげるから。それ着て帰るといいよ」

「昨日もシャツ借りたのに、すみません……」

「乾いた服は、このまま俺の部屋に置いておけばいいから」

「でも、それじゃ迷惑になるんじゃ……」

「迷惑だなんて思わないよ。次に泊まりに来たときの着替えになるでしょ?」

　え、え?

　今さらっとかなりすごいことを口にしたような。

「いつでも俺の部屋に泊まれるように、お泊まりセット一式置いておくのもありだね」

「っ!?」

「俺の部屋の合鍵も渡しておこうか?　百葉ちゃんがいつでも来られるように」

「ちょ、ちょっと待ってください!　いろいろと話が進みすぎて……!」

「あぁ、もしかして俺と一緒に同居したい？　それならすぐに百葉ちゃんが住めるように——」

「ち、違います!!　いったん落ち着いてください……！」

　昨日告白して付き合うことになったばかりなのに。

　神楽くんの話のスピードがジェットコースター級で。

　わたしのほうがついていけません……！

* * *

　泊めてもらったお礼として、朝ごはんを作ることに。

「えっと、神楽くんは朝は和食派ですか？　それとも洋食派ですか？」

「百葉ちゃん派かな」

「え？」

「このまま食べちゃってもいい？」

「っ!?　ま、待ってください！　今は朝ごはんの話をしていてですね！」

「うん、もう俺は今すぐにでも百葉ちゃんを食べたいかな」

「か、神楽くん!?　朝から暴走はダメですよ……！」

「だってさ、百葉ちゃんの可愛さ無限大だし」

「うぎゃ……っ。そんな抱きつかれたら料理ができません」

　甘えモード全開な神楽くんが、キッチンにやってきてしまい……。

　抱きつかれたまま身動きが取れません。

「百葉ちゃんが俺の彼女かぁ」

「あ、あの……これだと朝ごはん作れなくて」

「普段のしっかりした百葉ちゃんも可愛いけど。寝起きの
ゆったりした百葉ちゃんも可愛いなぁ」

「か、神楽くん？　わたしの声聞こえてますか？」

「うん。俺に抱きしめてほしいんだよね？」

「えぇっと、わたしはごはんを作りたくて！」

「はぁ……可愛いなぁ。俺も百葉ちゃんに触れたくて限界」

「っ……!?」

「もうちょっとだけ……キスしてもいい？」

「さ、さっきもたくさんしましたよ……っ？」

「百葉ちゃんだからしたい……ダメ？」

「ぅ……そ、そんな言い方ずるいです」

　甘く誘って、おねだりする神楽くんは、ぜったいダメっ
て言わせてくれない。

＊　＊　＊

　こうしてドタバタの朝ごはんが終了。

　あとはわたしが着替えて、部屋を出るだけ。

　神楽くんの服を借りたけど、サイズぶかぶか。

　神楽くんは手も脚も長いから、わたしがそれに追いつい
てない。

　とりあえず、裾とかを何回も折り曲げて、なんとか着ら
れた。

「まって……。その可愛さは狙ってるのかな百葉ちゃん」

「え……わっ。急に抱きついてどうしたんですか……っ?」

　わたしを見るなり、すかさずギュッてしてきた。

「昨日のシャツ姿もそうだけど……百葉ちゃんはいちいち可愛くて困るな」

「神楽くんの服ぶかぶかで。みっともない……ですかね」

「こんな百葉ちゃんを、俺以外の視界に映すの許せるわけないよね」

　あれ。わたしの声聞こえてない?

「すぐにタクシー呼ぶから。それで家まで帰ろうか」

「えっ、バスも電車もありますよ?」

「そんな公共の場に、こんな可愛い百葉ちゃんを連れていくわけにはいかないでしょ?」

　バスと電車で帰る予定だったのに。

　なぜか神楽くんがそれを許してくれず、結局タクシーで家に帰ることに。

「えっと、それじゃあすぐに制服に着替えてくるので」

「うん。俺はここで待ってるから」

「やっぱり神楽くんだけでも、先に学校に行ったほうがいいんじゃ……」

　待っててもらうのは悪いような。

　それに今の時期、朝は気温が低くて寒いし。

「いいよ、待ってるから。あっ、それか百葉ちゃんのご両親とお兄さんに挨拶しようか」

「あ、挨拶?」

「結婚を前提に百葉ちゃんとお付き合いしてますって」

「っ!?　そ、それはまた別日でお願いします……！」

　こうして、神楽くんの彼女として、お付き合いスタートです。

会長の彼女になりました。

「百葉ちゃん、おはよ」

「お、おはようございます」

「今日も可愛いね。このまま俺と授業サボる?」

「サボりません……!」

　神楽くんとお付き合いを始めて3日ほど。

　朝、神楽くんが家まで迎えに来てくれて、一緒に登校する毎日。

「それにしても最近ずっと寒いね」

「ですね。神楽くんは寒くないですか?」

「うん平気。百葉ちゃんの手があたたかいから」

「ぅ……やっぱり手つなぐのやめませんか?」

「どうして?　俺は片時も百葉ちゃんと離れたくないのに」

　神楽くんは、わたしと付き合ってることをまったく隠す気がないようで。

　周りの目線なんてお構いなしで、手をつないだり抱きしめてきたり。

「め、目立っちゃいます。それに、わたし地味ですし、周りの子がよく思わないんじゃ……」

「俺はむしろ周りに見せつけたいけどね。百葉ちゃんは俺のだから手出さないでねって」

　なんだか彼氏になってからの神楽くんは、甘さがこれでもかってくらい増してるような。

「それに百葉ちゃんの可愛い素顔は、俺だけが独占したい
し。もし周りが何か言ってくるようなら、俺が守るからね。
百葉ちゃんに嫌な思いはさせたくないから」

　甘いだけじゃなくて、わたしを守ってくれる優しさは変
わらない。

「え、えっと、神楽くん寒そうなので、よかったらマフラー
使ってください」

　毎朝、寒いのにこうして迎えに来てくれて。

　神楽くんはコートも着てなくて、マフラーもしてないか
らとっても寒そう。

「百葉ちゃんが寒いでしょ？　俺のことは気にしなくてい
いよ」

「わたしはコート着てるので！　神楽くんのほうが寒そう
で心配です」

　自分がしてるマフラーを外して、神楽くんの首に巻いて
あげた。

「これで少しはあたたかいですかね？」

「ん……百葉ちゃんの甘い匂いがする」

「へ？　あっ、そんなに匂いしますか？」

「うん。百葉ちゃんいつも甘い匂いするから。俺はすごく
好き」

「っ……！」

　うぅ……神楽くんの言葉はほんとに心臓に悪くて。

「どうせなら、ふたりで使えるマフラーあったらいいのに
なぁ」

「ものすごい長いマフラーになっちゃいますね」

「百葉ちゃんを丸ごとくるみたいね」

「神楽くんにくるまれたら大変なことになりそうです」

　こんな会話をしていたら、学校に到着。

　門をくぐって歩いてると、やっぱり注目を浴びてしまう
わけで。

「ほら、今日も神楽くんと更科さん一緒に登校してるよ」

「ほんとだ。ここ最近ずっとだよね。しかも手つないでる
しさ。付き合ってるって噂ほんとなのかな?」

「えー、それはデマでしょ。だって、あの神楽くんと付き合っ
てるのが地味な更科さんって。どう見ても釣り合ってなさ
すぎじゃない?」

　うっ……耳が痛い。

　女の子たちの視線がすごいし、会話も聞こえてきちゃう
し。

　やっぱり、わたしみたいな地味子が神楽くんの隣にいる
のは、よく思われないよね。

「あの、やっぱりこうしてるとかなり目立つような……」

「百葉ちゃんは俺のだって見せつけるいい機会だよね」

「さっきから周りの視線が凄まじいです……」

　こんな地味なわたしが、みんなの憧れの神楽くんと手を
つないで登校してるなんて。

　教室に着いて早々、わたしたちを見るなり雪峰くんがに
こにこ笑ってる。

「いやー、おふたりさん朝からラブラブだねー!」

「葎貴、おはよう」

「わー、昊芭の機嫌がめちゃくちゃいい!! これも更科ちゃんパワーか!?」

「ふっ、葎貴は相変わらず面白いこと言うね」

「昊芭がこんなに機嫌よくてにこにこしてるなんて、逆に気持ち悪いな」

「それはひどいなぁ。百葉ちゃんがいなかったら、葎貴のこと消してるところだったよ」

「おいおい、さらっと恐ろしいこと口にするなよ!!」

「百葉ちゃんに感謝しなよ。葎貴を生かすも殺すも、百葉ちゃん次第だからね」

「昊芭の世界は完全に更科ちゃん中心なんだなー。もし更科ちゃんに手出すやついたらどうすんの?」

「消す一択でしょ」

「即答かよ」

「そもそも、俺の百葉ちゃんに手を出そうとするのが無謀だよね。消されたくてやってるのかなって」

「それを笑顔で言うあたりが怖すぎるよな。俺も更科ちゃんと話すとき気をつけよ……」

「あんまり俺の百葉ちゃんに馴れ馴れしくしないようにね。消したくなっちゃうから」

「ひょえー。更科ちゃん愛されてるね!」

「え、あっ、えっと……」

「うわっ、更科ちゃん顔真っ赤じゃん!!」

「葎貴はさっきの話聞いてたの? それとも耳が悪いのか

な?」

「きゃぅ……か、神楽くん……っ?」

「百葉ちゃんもダメでしょ。俺以外の男に可愛い顔見せ
ちゃ

　雪峰くんから隠すように、すぐさま神楽くんのほうに抱
き寄せられてしまった。

「昊芭の更科ちゃんへの溺愛度すごすぎるな」

「もう可愛くて仕方ないからね」

　この様子を見ていた塔子ちゃんからも、はっきりと。

「神楽くんは付き合ってること、まったく隠す気なさそう
ね。むしろ見せつけてない?　表情が生き生きとしてるわ」

「うぅ……胃が痛いよ……」

「百葉はもっと自信持ったらいいのに。せっかく神楽くん
のこと好きって気づいて付き合えたんだから」

「そ、そうなんだけど……」

「神楽くんは百葉にしっかり惚れてるみたいだから安心ね。
百葉をすごく大切にしてるみたいだし。まあ、百葉のこと
になるとおかしくなるところが少し心配だけど」

「わたし付き合うのとかはじめてで、何もわからないから
いろいろ不安で……」

「そんなのぜんぶ神楽くんに任せたらいいのよ。ただ、嫌
なことされたらちゃんと拒否しなきゃダメよ?　神楽くん
のことだから、百葉の嫌がることはしないだろうけど」

＊　＊　＊

　　──放課後。

　　今日は生徒会の集まりがあるので、神楽くんと一緒に生徒会室へ。

　　すでに壱瀬くんが来ていて、花森さんは欠席みたい。

「なんか会長やたら機嫌いいですね。更科先輩と何かありました？」

「あぁ、俺の百葉ちゃん可愛いなぁってね」

　　え、あっ、百葉ちゃん呼びになってる……！

　　いつもみんなの前では"更科さん"って呼んでるのに。

　　それに、わたしのほうばかり見てるような。

「わー、いきなりすごい惚気ですね。幸せオーラ隠しきれてないっていうか。ごちそうさまです」

　　神楽くんが用事を思い出したみたいで職員室へ。

　　あっ、そうだ。

　　書類をファイリングするの忘れてた。

　　今のうちにやっておかないと。

「うっ……結構高い位置にある……」

　　ファイルが本棚のいちばん高いところにあって、取るのに苦戦中……。

　　あともうちょっとで届きそう──。

「うわっ……きゃっ!!」

　　身体のバランスが崩れて、グラッと後ろに倒れかけた瞬間……。

「……っと、大丈夫ですか？」

「あわわっ、壱瀬くんごめんなさい……！」

　壱瀬くんがわたしの身体をキャッチしてくれたおかげ
で、転ばずにすんだ。
「ケガしてないですか?」
「大丈夫です!　ごめんなさい……わたしの不注意で」
「いえ。あまり無理しないでくださいね。あと、高いとこ
ろにあるものは俺が取るので声かけてください」
　……と、一件落着のはずが。
　どうやら平和に終わらなさそうで。
「……ふたりとも何してるのかなぁ?」
　なんとこのタイミングで神楽くんが戻ってきて。
　わたしと壱瀬くんを見て、とても怖い顔でにこにこ笑っ
てるではないですか。
　はっ……しまった。
　壱瀬くんとの距離が近すぎた……かも。
　あわわ……どうしよう。
　神楽くんが壱瀬くんを笑顔で睨んでる……!
「まってください会長。これにはいろいろと訳があるんで
すよ。理由を聞く前に目で殺そうとしないでください」
「俺の百葉ちゃんに触れるなんて、壱瀬くん肝が据わって
るね?」
「いや、だからこれは誤解なんですって。更科先輩が転び
そうになったところを助けたら、偶然こんな体勢になった
だけですから」
　壱瀬くんが慌ててわたしから距離を取ろうとしたら。
　何かに気づいたのか。

「あ、ちょっと待ってください。更科先輩の髪に何かついてますよ」

「え？」

「じっとしててくださいね」

　壱瀬くんの指先が微（かす）かに毛先に触れて。

　そのまま頬にも軽く指先が触れて。

「ひゃ……っ」

　あっ……どうしよう。

　少し指が触れたくらいで、過剰に反応してしまった。

　うぅ、だからこの体質嫌だ……。

　こんなちょっと触れた……というより、擦（こす）れたくらいなのに。

「あぅ、ごめんなさい……っ」

「俺は大丈夫ですけど。いや、違う意味で大丈夫じゃないかもしれないですけど」

　壱瀬くんの目線が、恐る恐る神楽くんへ向いて。

「壱瀬くん？　今のはぜんぶ見なかったこと、聞かなかったことにするのが身のためだよね？」

「もちろんです。会長の更科先輩に手を出したら、生きて帰れないのはバッチリ理解してるんで」

「はぁ……ほんと可愛いのは俺の前だけにしてくれたらいいのに。ね、百葉ちゃん？」

　も、もはやこれは、付き合ってることを隠す気はないのでは……？

* * *

「じゃあ、俺はこれで。お先に失礼します」

　壱瀬くんが帰ったあと、神楽くんとふたりっきり。

　わたしも仕事が片づいたから帰ろうかな。

「百葉ちゃんは終わった？」

「はいっ。今終わりました」

「じゃあ、こっちおいで」

　神楽くんが自分の席から手招きしてる。

　近づくと、すぐに手をつながれて。

「はぁ……やっと百葉ちゃんとふたりっきりだ」

　腕を引かれて、身体がぜんぶ神楽くんのほうへ。

　神楽くんが座る椅子に片膝をつくと、そのまま抱き寄せられて。

　わたしが体重をかけると、椅子がわずかにギシッと音を立てる。

「こ、この体勢なんか恥ずかしいです……っ」

「百葉ちゃんが俺を襲ってるみたいだもんね」

「言い方どうにかしてください……っ」

　逃げようとしても、腰に神楽くんの手がしっかり回って逃がしてくれない。

「百葉ちゃんが俺を妬かすから」

「……？」

「壱瀬くんにも可愛い反応見せちゃってさ。ダメでしょ、俺以外の男に触れるの許しちゃ」

「あれは不可抗力だったので」

「うん、でもダメだよ。それで壱瀬くんが百葉ちゃんに惚れたらどうするの？」

「それはないかと……」

「百葉ちゃんは俺以外の男にもっと警戒心を持つことね」

　わたしの胸のあたりに顔を埋めて、イジワルそうに笑ってる。

「まだドキドキするんだ？」

「うぅ……音聞いちゃダメです……っ」

「……この角度の百葉ちゃんもたまらなく可愛いね」

　余裕な笑みを含んで、神楽くんの手がゆっくり頬のあたりに触れる。

「俺ね普段の真面目な百葉ちゃんも好きだけど」

「あっ、ぅ……」

「こうやって……百葉ちゃんの可愛い素顔を見る瞬間が、すごく好きなんだよね」

　神楽くんの手によって、結んでいた髪がほどかれて、メガネも取られちゃって。

「自分だけが知ってるって優越感に浸っちゃうのかな」

「んっ……」

「軽くキスしただけなのに……甘い声出しちゃうね」

　サイドを流れる髪をすくいあげながら、唇にキスをして。

　耳たぶのあたりも甘くなぞってきたり。

「百葉ちゃんは唇がいちばん敏感だもんね」

「ひぁ……ん」

「ほら、ちょっと唇舐めただけなのに」

「んんっ……」

「そのまま口あけて」

　少し強引に舌が入って、全身がピリッとする。

　甘くて痺れるような。

　唇から伝わる熱と、口の中にある熱のせいでクラクラする……っ。

　膝に力が入らなくて、ぜんぶ抜けちゃいそう。

　身体がグラッと揺れて、神楽くんがすかさずギュッと抱きしめてくれた。

「あれ、もう限界？」

「……ぅ」

「この体勢で密着してキスするの好きなんだけどなぁ」

　神楽くんのペースについていけなくて。

　ぜんぶをあずけるように、グタッとしてると。

「百葉ちゃんってコーヒー苦手だっけ？」

「あんまり好き……ではないです」

「じゃあ、少し練習してみる？」

「へ……？」

　急に何を提案してくるかと思いきや。

　わたしを抱きしめたまま。

　机に置いてあるマグカップに手を伸ばして。

「はい、これ飲んでごらん。砂糖は入ってないから」

　コーヒーが口の中に流れ込んできて。

　一瞬で口の中が苦さでいっぱい。

「うあ、苦い……です」

　ミルクが少し入っているのに、苦すぎて舌を出しちゃうくらい。

　コーヒーって、こんなに苦いんだぁ……。

　ギュッと目をつぶっちゃうくらい苦くて、甘いのがほしくなる。

「そんなに苦いかな？」

「すっごく苦いです……」

「じゃあ、もうひと口ね」

「え、ん……」

　か、神楽くんひどくないですか……っ。

　苦くて飲めないって言ったのに。

　また口の中にコーヒーの苦味が広がって、うまく飲み込めない……っ。

「飲んじゃダメだよ」

「んっ……」

「ほら、それ俺にちょうだい」

　また唇が重なって、軽く口をあけさせられて。

　口の中にある苦さが、少しずつなくなっていく。

「やっぱり苦いね」

「んぅ……」

「でも百葉ちゃんの唇はものすごく甘い」

　コーヒーは苦いのに……キスはとっても甘くて。

「甘くて……甘すぎて溺れそうになるね」

　その甘さにかき乱されるばかり。

会長の嫉妬はとびきり甘い。

　今日は11月のビッグイベント、文化祭です。

　わたしのクラスは謎解き脱出ゲーム。

　謎を解くとヒントがもらえて、それをもとにゴールを目指すっていうルール。

　かなり凝った作りで、こだわりの仕掛けがたくさんあるみたい。

　ちなみに3年生は最後の文化祭なので、クラスの出し物は自由。

　中には出し物がないクラスもあったり。

　わたしは生徒会のほうが忙しくて、なかなか参加できず。

　いちおう午前中はシフト入ってるけど、仕事は受付だけ。

　午後は生徒会の仕事で校舎内の見回り。

　意外と忙しくて、文化祭を楽しむ時間はないかなぁ。

　受付の仕事は塔子ちゃんと一緒。

「百葉は午後少しでも時間ありそうなの？」

「午後は校舎内の見回りがあるから難しいかなぁ」

「それよりも、百葉がひとりで回るって大丈夫なの？」

「うんっ。校舎内だからさすがに迷子にはならないよ？」

「いや、そうじゃなくて。可愛いから声かけられるんじゃない？　うちの文化祭って外部の参加もオーケーだし」

「道案内とかかな」

「まったく百葉はほんと鈍いわね。神楽くんも心配が絶え

ないわけだわ」

　やれやれと呆れ気味の塔子ちゃん。

「そういえば、せっかくの文化祭なのに神楽くんとふたり
で回る予定もないの？」

「うーん、神楽くんもいろいろ忙しそうだから」

「そうよねぇ。こういう行事のときって、生徒会は忙しい
のがセットだもんね」

　こうして文化祭がスタート。

　わたしたちのクラスは好評だったようで、午前中はあっ
という間に終了。

　午後に入ってくれる子と交代で入れ替わり。

　よしっ、わたしは校舎の中をぐるっと回ろうかな。

　校舎の外では１年生が模擬店をやっていたり。

　外のステージでは軽音部が演奏してたり、中のステージ
ではダンス部がダンスを披露してたり。

　外部の人も参加できるから、すごくにぎやかだなぁ。

　校舎の外も中も人でいっぱい。

　今のところ問題はなさそうかな。

　外をある程度見て回ったら、今度は校舎内の見回り。

　２年生は各クラスで縁日をやったり、お化け屋敷をやっ
たり。

　中には駄菓子屋さんをやってるクラスもあったり。

　どのクラスも楽しそうだなぁ。

　各クラス順番に回って、ここも問題はなさそう。

「あー!!　百葉せんぱーい!!」

「あっ、花森さん。どうかしたの？」

「なんていいところに!!　いま校舎内の見回りですか!?」

「う、うん。あとはこのクラス見て回ったら終わりかな」

「じゃあ、わたしのクラスを助けてくれませんか!?」

「え？」

「じつは、いま人が足りなくて困ってるんです〜！」

「えぇっと、花森さんのクラスは何をやってるのかな」

「コスプレ写真館です!!　好きなコスプレして、フォトスポットで写真を撮れちゃうんですよ〜！」

「な、なるほど。わたしは何をお手伝いしたら……」

「コスプレして客引きお願いします!!　あっ、もちろんわたしと一緒に!!」

「コスプレ……するの？」

「もちろんです〜！　百葉先輩しか頼める人いなくて！どうかお願いしますっ！」

　うぅ……こんな懇願されたら断れない……。

　でも、コスプレって、いったいどんな。

　そもそもわたしに似合うものあるのかな。

　こうして花森さんのクラスのお手伝いをすることに。

「じゃあ、まずは衣装を決めましょう〜！　あっ、この天使のやつ可愛くないですかっ！」

「っ!?　こ、こんな可愛いのわたしには……」

　真っ白の丈がちょっと短めのワンピース。

　それに、首元から腕までぜんぶレースで透けてる……。

　しかも背中に真っ白の羽までついてる。

「ぜったい百葉先輩似合いますよ!! じゃあ、わたしは黒の悪魔にしようかな〜」

「天使は花森さんのほうがいいんじゃ……」

「あっ、百葉先輩は黒のほうがいいですかっ?」

「いや、そういうわけじゃなくて……」

　こんな可愛いデザイン似合うかな……。

「よしっ、早速着替えちゃいましょう〜! 着替えスペースこっちにあるので!」

「ま、まって花森さん——」

「ついでにメイクとかもしちゃいましょう〜! とびきり可愛いの目指しましょうねっ!」

　あぁ、わたしの声が聞こえてない……。

「そうだっ。メガネも取りましょう! 髪型もポニーテールとかどうですか!? ちょうど白のリボンあるので結んじゃいますねっ」

　花森さんにされるがまま。

　わたしはひたすらおまかせ状態。

「どひゃー! 百葉先輩可愛い!! 可愛すぎます、まぶしいです!! 本物の天使にしか見えません!!」

「うぅ……こ、こんなの恥ずかしいよぉ……」

　メガネはないし、こんな顔がしっかり見えるなんて。

「ずっと前から素顔めちゃ可愛いだろうなぁと思ってましたけど!! 想像の500倍可愛いです、メイクとかいらないですよ!」

「せ、せめてメガネだけでも……」

「照れてる百葉先輩ほんとに可愛いです〜！　百葉先輩め
ちゃくちゃ目大きいですよね、まつ毛もとっても長いです
し！　顔も小さくてうらやましすぎます!!」

　ど、どどどうしよう。

　花森さんのテンションが高すぎて、話を聞いてもらえな
い……！

「これは間違いなくクラスの看板になりますよ〜！　ぜひ
わたしと客引きお願いしますっ！」

　こんな姿で外に出ることになるなんて……っ。

　恥ずかしくて逃げ出したいよぉ……。

　でも、花森さんすごく張り切ってるし。

　こうして花森さんの後ろに隠れながら、看板を持ってク
ラスの前に立つことに。

「百葉先輩！　看板で顔隠してどうするんですかぁ！」

「ぅ……だって、恥ずかしい……」

「何言ってるんですかぁ！　ほら、あそこにいる男の子ふ
たり組めっちゃ百葉先輩のこと見てますよ!!」

　や、やっぱり目立つのは苦手……っ。

　花森さんのクラスのお手伝いだから、頑張りたいけど。

「ねーね、キミめちゃくちゃ可愛いよね！」

「ひぇ……そ、そんなことない、です」

　ど、どうしよう。

　いきなり男の子に声をかけられるなんて。

「うわー、声も反応も想像以上じゃん！　ってか、上目遣
いも可愛いねー！　よかったら俺たちと一緒に抜け出さな

い？」

「す、すみません。今ここから離れられなくて」

　うぅ……男の子と話すのは、やっぱり抵抗が……。

「えー、いいじゃん！　一緒に回ってくれたら、なんでも奢るからさ！」

「はーい、すみません！　ナンパはお断りなので、よかったらこのまま中にどうぞ〜？」

　あぁ、花森さんが助けてくれた……っ。

　わたしひとりでちゃんと断れないなんて情けない……。

「こちら受付なんで〜！」

「ここ入るからさ、この可愛い天使ちゃんと写真撮れないのー？」

「すみませーん、今は受付担当なので写真はごめんなさい！」

「なんだよー、俺たちこの子が目当てで来たのになー」

　このままここにいるの不安しかないよぉ……。

　びくびくおびえながら、看板を持ってしばらく立ってると、どんどん人が集まってきて、廊下に行列ができてしまい……。

　ひ、人がすごいことになってる……。

　しかも、ほとんどの人がみんなこっちを見て、何かひそひそ話してる……。

「うわー、あの子可愛すぎねーか!?」

「だよな！　噂で聞いた以上だわ!」

「すげー噂回ってるもんな！　２年のコスプレ写真館にと

んでもない美女がいるって！」

「話しかけたら連絡先とか教えてくれねーかな？」

　なんだか視線が痛い……。

　極力、他の人と目を合わさないように下を向いてると。

「あれー、会長どうしたんですかっ？」

　え……？　え？

　なんで神楽くんがここに……!?

「どうしたもこうしたも、ちょっとした噂を聞いてね」

「どんな噂ですかぁ？」

「とあるクラスに、天使のコスプレをした可愛い子がいるって、周りがすごい騒いでてさ」

「なるほど！　それは間違いなく百葉先輩のことですねっ！」

　神楽くんの目線がわたしに向いて。

　一瞬ピシッと固まったかと思えば、すぐにこっと笑って。

「どうして百葉ちゃんがこんな可愛い格好してるのかな？」

「あっ、わたしがお願いしたんです～！　百葉先輩もうすごく人気で!!」

「へぇ……。それは俺の許可は取ったのかな」

「えっ！　会長の許可必要だったんですか!?」

「あたりまえだよね。俺の可愛い彼女なんだから」

「ひっ……会長！　顔がめちゃくちゃ怖いですよ!?」

「もう俺いま嫉妬が抑えられなくてね」

「ひいぃぃ……笑いながら怒ってませんか!?」

「俺の可愛い百葉ちゃんを取るなんて、花森さんいい度胸

してるよね？」

「と、取ったつもりはないですよ!?」

「じゃあ、俺が奪い返したってことで」

　ものすごい圧をかけるように、にこっと笑いながら。

「いいよね、百葉ちゃん借りても」

「ど、どうぞ……！」

　花森さんはすごく焦ってる様子で、ちょっとおびえてた。

　普段温厚な神楽くんが怒ってるから、少しびっくりしたのかな。

「いくよ、百葉ちゃん」

　や、やっぱり相当怒ってる……。

　どうしよう、これはそう簡単には許してもらえないかも。

　そして連れてこられたのは、人気(ひとけ)のない空き教室。

　中に入ると鍵をかけて、すぐさま神楽くんがわたしの身体を壁に押さえつけた。

「さて、百葉ちゃん。いま俺はすごく機嫌が悪いけど、どうする？」

　顔は笑ってるのに、怒ってるオーラがすごくて。

　うぅ、これはすぐに謝らないと。

「す、すみません……っ」

「自分が何したか自覚あるんだ？」

「に、似合ってないのに、こんな可愛いの着て人前に出てしまって……。神楽くんも呆れてるんですよね……っ」

　ぜったいそう。

　似合ってもないのに、目立つ格好して。

　それに呆れて怒ってるに違いない。
「はぁ……相変わらず百葉ちゃんは自覚が足りないね」
「……？」
「俺ね、百葉ちゃんのそういう鈍感なところ嫌い」
「えっ……！　神楽くんに嫌いって言われるのは悲しいです……」
　どうしよう、ついに嫌いとまで言われてしまった。
　うぅ……どうやったら機嫌直してくれるかな。
　頭をどれだけ回転させても、わからない。
　ただ、神楽くんに嫌いって言われて、すごく焦って同時に悲しくて。
　グルグル考えすぎて、目に涙が浮かんじゃう。
「あぁ、もう……どうしてそんな可愛い顔するの」
「だ、だって……神楽くんに嫌われるなんて……っ」
「はぁ……ずるいよ百葉ちゃん。俺すごく怒ってるのに許したくなるでしょ」
「嫌いなんて言われたら、泣きたくもなります……っ」
「ごめんね、泣かないで。でも、そんなに俺のこと好きなの？」
　コクッとうなずくと、神楽くんは深いため息をついて。
「はぁぁ……わかってほしいな。俺が死ぬほど妬いてるの」
「え、あっ、え……？」
「自分でもわけわからないくらい嫉妬してるよ」
　珍しく表情が崩れて。
　いつも冷静で落ち着いてる神楽くんが、少し取り乱して

る……？

「百葉ちゃんの可愛い素顔は、俺だけのものじゃないの？」

「か、神楽くんだけのもの……ですよ？」

「じゃあ、どうして他の男に見せちゃったの？」

「そ、それは……っ」

「……今からたっぷり甘いお仕置きしようか」

「お仕置き……？」

「百葉ちゃんがいちばん弱いところ俺知ってるからね」

　あっ、どうしよう……っ。

　神楽くんの瞳がとっても危ない。

　逃げようとしたって、ぜったい逃がさないって。

「俺を嫉妬させたらどうなるか……身体に教えてあげる」

　甘いささやきが落ちたのは一瞬。

　ゆっくり甘く……刺激を少しずつ与えられて、余裕がなくなるのも一瞬。

「こんな大胆で可愛い姿……俺も見たことないのに」

「そこは触れちゃ……っ」

「ムカつくなぁ。俺以外の男が可愛い百葉ちゃんを見てたなんて」

　身体を密着させたまま。

　軽く唇にキスをして、ゆっくり離れて……繰り返し。

　じわじわと触れて、徐々に熱くさせられて。

「俺のだってちゃんと痕残さないと」

「ひぁ……首の目立つところは……ぅ」

「じっとしてないと痛いよ」

いつもより強く肌に吸い付いて。

　熱い舌が肌をなぞって、唇が触れるたびに身体がすごく反応しちゃう……。

「か、ぐらくん……っ」

「まだダメ。もっと残させて」

　首から見えるところにたくさん。

　目立つところに真っ赤な痕を残そうとしてる……っ。

「はぁ……噛みたくなる」

「きゃぅ……」

　少し強く噛まれて、ビクッと身体が震えて。

「ふっ……痛いのに感じちゃうんだ？」

「っ……ちが」

「もっとしてもいい？」

　制服で隠せない首筋にも、満足するまでたくさん痕を残されて。

　髪で隠れるところにも、制服で見えないところにも。

「あぁ、すごい真っ赤な痕たくさんだね」

　艶っぽく、とってもイジワルに笑って。

　唇を舌で舐める仕草が熱っぽくて、色っぽい。

「これじゃ制服で隠せないし……制服の中も俺以外には見せられないね」

「そんな痕残しちゃ……んん」

「じゃあ、今からずっとキスしよっか。……俺が満足するまで」

　強く押し付けられる唇の感触と、キスの最中も触れてく

る手と。

　甘く攻められて、身体がもたなくなる……っ。

「す、少し……まって……ん」

「苦しいなら口あけてごらん」

　ほんの少しあけただけなのに。

　うまく隙を見つけて舌をスッと入れて。

「俺かなり嫉妬深いみたいだから」

「ん……ふっ」

「まだこんなのじゃ離してあげない」

　神楽くんの甘い嫉妬にはかなわない……っ。

　どんなに限界のサインを送っても、少ししか手加減して
くれない。

　ほどよく……わたしが意識を飛ばさない程度に甘く激し
く……。

「キスされながら太もも触られるの感じちゃうもんね」

「んん……っ、や」

「声我慢して。誰かに聞かれたらどうするの？」

「だ……って、神楽くんが……っ」

「俺がどうしたの？　ほら言ってごらん」

「ぅ……んん」

　ぜったい言わせてくれない。

　甘いキスも止めてくれない、身体に触れる手だって止め
てくれない。

「そんな可愛いの……誰にも聞かせてあげない」

　ぜんぶ神楽くんの思うがまま。

* * *

「そうだ。着替えてから花森さんのクラスに行こうか」

「どうしてですか？」

　やっと……やっと神楽くんの暴走が止まって、いま落ち着いたところ。

「念には念をって言うよね」

「……？」

　なんのことかわからず。

　制服に着替えてから花森さんのクラスへ。

「花森さん、ちょっといいかな？」

「ひっ、会長……！」

「そんなおびえなくて大丈夫だよ。百葉ちゃんのおかげで機嫌直ってるから」

「会長の機嫌損ねたら、大変なことになるのを学習しました……。百葉先輩パワーすごいですね」

「ははっ、そうだね。ところで、明日の騒ぎに備えて花森さんに話をしておこうと思ってね」

　明日の騒ぎ……？？

　何かあるのかな。

「今日百葉ちゃん可愛いって周りから騒がれてたよね？　明日になれば、その噂が学校中に回ると思うんだ。そこで約束してくれないかな？　あの可愛い子の素顔が百葉ちゃんだってこと、ぜったい言わないでほしいんだ」

「な、なるほどですね！　わかりました、ぜったい黙って

ます!!」

「よかったよ、花森さんがきちんと理解がある子で」

「もちろんです！　会長を敵に回したら恐ろしいことを学習しました！」

「ははっ、花森さん面白いね。それじゃあ、約束はきちんと守ってね」

　こうして、この日は神楽くんと一緒に帰ることに。

「百葉ちゃんは明日メガネ必須だからね。髪もちゃんと結んでくるんだよ？」

「いつも通り変わらずの予定です」

「うん、そうでもしないと騒ぎに拍車がかかるからね。もうぜったい俺以外の前で素顔見せちゃダメだよ？」

「そんな騒がれないと思うのですが……」

「百葉ちゃんはまだまだ甘いね。明日になってみればわかるよ」

　このときは、神楽くんの言っていたことがいまいち信じられず。

* * *

　そして翌日──。

　まさかの神楽くんの予感が的中してしまい……。

「なぁ、昨日の文化祭でさ、２年のコスプレ写真館にめっちゃ可愛い子いたって噂聞いた!?」

「あぁ、それ俺も聞いた！　実際見たやついたんだけど、

本物の天使かと思うくらい可愛かったらしい!!」

「えー、まじかっ!　たぶん在校生だよな？　そんな可愛い子がいれば普通は目立つだろー」

「学年もわかんねーし、誰もその子のこと知らねーらしいんだわ。まさに幻の美少女だよなー」

　クラス中の男の子たちみんな、この話題でもちきり。

　しかもなんと、校内でも大騒ぎになって話題がどんどん広がってるらしく……。

　中には、いろんな学年のクラスで探し回ってる子もいるようで。

　わたしは休み時間びくびくしながら、存在を薄くして過ごし……。

「ほら、俺の言ったとおりになったでしょ？」

「うぅ……なんだか肩身が狭いです」

　お昼休みの今、神楽くんと生徒会室へ避難。

「まさかここまで噂が広がるとはなぁ。やっぱり百葉ちゃんの可愛さは破壊力ありすぎなんだよ」

　噂が早く消えてほしいと願うばかり。

「もういっそのことサングラスにマスクでもする？」

「それだと逆に目立つような気がします」

　不審者だと思われて通報されるかも。

「百葉ちゃんの可愛さを知ったら、みんな夢中になって間違いなく惚れちゃうよ。こんなに可愛いの世界で百葉ちゃんだけだから」

「は、話の規模が大きすぎです……」

「俺も心配が絶えないなぁ。できることなら、百葉ちゃん
を誰の目にも映さないように、俺だけが独占できたらいい
のに」

「噂はすぐ収まると思うので、心配ご無用です……っ」

「それはどうだろう？　また同じように俺を嫉妬させたら
どうなるかな？」

「……え？」

「次はキスだけじゃ抑えられないかもね」

「っ!?」

「俺しか求めないように甘く攻めてあげるから——覚悟し
ておいてね」

　神楽くんを嫉妬させたら、とっても大変なことになると
学んだ文化祭でした。

第5章

会長は下の名前で呼ばせたい。

　本格的に寒くなってきた12月。
　今日は神楽くんの家でおうちデートです。
「わざわざ迎えに来てもらって申し訳ないです」
「いいんだよ。俺が好きでやってることだから」
　神楽くんが、わざわざわたしを家まで迎えに来てくれた。
　今ふたりで神楽くんの家に向かってるところ。
「荷物はこれだけでよかったの？」
「は、はいっ。なるべくコンパクトにまとめました」
　神楽くんは、いつもわたしの荷物を必ず持ってくれる。
　それにわたしの歩幅に合わせて歩いてくれたり。
　わたしが車道側を歩かないように、さりげなく誘導して
くれたり。
　わたしには、もったいないくらいの……とっても優しい
彼氏です。
「やっぱり荷物は自分で持ちます……！」
「俺と手つないでるから、百葉ちゃん手塞がってるで
しょ？」
「うっ、それなら神楽くんは両手塞がってますよ」
「うん、俺のことはいいからね。ほらもうすぐマンション
着くよ」
　神楽くんが優しくて紳士的なのは、全然変わらず。
　部屋に着くと、中がすごくあたたかい。

「百葉ちゃんが寒くないように、暖房<ruby>だんぼう</ruby>つけておいてよかったよ」

「部屋中あたたかくてポカポカしますね」

　少し冷えた両手を頬にあてて、あたためてると。

　すかさず神楽くんがわたしの手を取って。

「俺があたためてあげる」

　ギュッと手を握ったまま。

　そのままわたしをすっぽり抱きしめちゃう。

「こうしてるともっとポカポカするでしょ?」

「うぅ……ドキドキしすぎて、熱くなりそうです」

「ははっ、ほんと可愛いことばかり言うね」

「いまだに慣れなくて、ドキドキしちゃうんです……」

　手をつなぐだけでも、心臓がドキッとして。

　抱きしめられたら、もっともっと心臓が動いてドキドキ。

「あのっ、ほんとに着替えとか置いてもいいんでしょうか?」

　これから部屋にいつでも泊まれるようにって、必要なものを持ってきていいよって。

「もちろん。なんなら、今すぐにでも同居したいくらいだけどね」

「ど、同居はまだ早いです!!」

「あっ、婚約<ruby>こんやく</ruby>が先かな?」

「っ!? そ、それも早いです……!!」

　相変わらず、神楽くんはたまにちょっとぶっ飛んだことを言います。

＊　＊　＊

　ふたりともお昼がまだなので、わたしが何か作ることに。
　神楽くんがエプロンを用意してくれたみたい……なんだけれど。
「この中から好きなの選んでいいよ」
「っ!?　こ、これどうしたんですか!?」
「百葉ちゃんに似合うと思ったら、あれもこれも買っちゃってね」
「こんなにエプロンいらないですよ……！」
　ざっと見ても10着くらいはありそう……。
　しかもどれも可愛いデザインのものばかり。
　結局、真っ白のいちばん控えめなものをチョイス。
　髪をひとつにまとめて料理スタート。
　……したのはいいんだけれど。
「神楽くんはあっちで待っててください……！」
「えー、どうして？」
「そんなに引っ付かれると、料理ができません！」
　いつものごとく、神楽くんがおとなしくひとりで待っていてくれるわけもなく。
　後ろからべったり抱きついてきます。
「百葉ちゃんが料理してる間、俺はどうしたらいいの？」
「テレビでも見て待っててください」
「それは無理かなぁ。百葉ちゃん見てるほうが楽しいし」
「じゃあ、せめて抱きつくのやめませんか？」

「だって百葉ちゃんが可愛いし」

　うぅ……何を言っても離れてくれない……。

　なので、神楽くんがくっついたまま料理をすることに。

　なんだかいつもこのパターンな気がする。

「百葉ちゃんは料理もできるんだもんね」

「そんなに凝ったものは作れないですけど」

「そっか。もういつでも俺のお嫁さんになれるわけだ」

「お、お嫁さん……!?」

「ははっ、そんなに驚く？　俺はいつでもウエルカムなんだけどなぁ」

　お昼を食べたあとは、DVD鑑賞（かんしょう）したり、ふたりでお昼寝をしたり。

　今もふたりでベッドでゆっくり。

　すごくまったりした時間を過ごしてるなぁ。

「そういえばさ、百葉ちゃんって俺の下の名前ちゃんと覚えてるの？」

「え？　もちろんです、ちゃんと知ってますよ？」

　急に何を聞かれるかと思いきや。

　しかも神楽くんはいきなり無茶なことを言いだす。

「じゃあ、いま呼んで」

「い、今ですか？」

　なんとそんな急な。

　普段神楽くんって呼ぶのに慣れてるから、急に切り替えるのは……。

「簡単でしょ？　早く呼んでみて」

「うぅ……難しいです」

　無理ですって顔しても、神楽くんは笑顔のまま。

「俺は百葉ちゃんって呼んでるのに。百葉ちゃんは呼んでくれないんだ？」

「うっ……」

「冷たいなぁ。俺彼氏なのに、彼女に下の名前で呼んでもらえないなんて」

「うぅ……」

「たまには俺のわがまま聞いてほしいなぁ。いつまでも神楽くん呼びはやだよ」

　ちょっと拗ねモードに突入してる。

「呼んでくれなきゃイジワルしちゃうよ？」

　わたしのほっぺをツンツンしながら、にこにこ愉しそうに笑ってる。

　こ、これはわたしの身が危ないのでは。

　早く呼んだほうが身のためだよって、神楽くんの顔に書いてある……。

　付き合ってからもずっと神楽くん呼びなのは、少し変なのかな。

　ちゃんと下の名前で呼ぶべき……？

　それに、神楽くんがわがまま言うことめったにないし。

「そ、そらは……くん……」

　ドキドキしながら呼んでみた……けど。

　わたし今ぜったい顔真っ赤な気がする……！

「あぁ……なにそれ。可愛すぎるよ百葉ちゃん……」

「あ、あんまりこっち見ないでください……っ」

「どうして？　恥ずかしがって照れてる百葉ちゃん可愛いのに」

「うぅ……口にしないでください！」

　神楽くんがいるほうに背中を向けると。

　すかさず後ろから抱きしめてきて。

「俺ね、やっぱり百葉ちゃんの困った顔が好きみたい」

「こ、これ以上困らせないでください……っ」

「もっとたくさん困らせたくなるなぁ」

「わたしの話聞いてますか……っ」

「うん、ちゃんと聞いてるよ？」

　う、嘘だぁ……。

　それに、神楽くんがにこっと笑うときは、何かよからぬことを考えてるとき。

「これからも昊芭って呼んで」

「う、や……無理です」

「えー、どうして？」

「よ、呼ぶたびに心臓が爆発しちゃいます……」

「相変わらず可愛いことばっかり言うね」

　ほんとにほんとに、心臓が大変なことになっちゃう。

　昊芭くんって呼ぶたびに、恥ずかしくなって逃げちゃいそう。

「もうこれから神楽くんに話しかけられなくなっちゃいます……」

「そんなに？　百葉ちゃんと話せなくなるのは寂しいなぁ」

　これで折れてくれるかと思いきや。

「それじゃあ、恥ずかしがり屋な百葉ちゃんに俺からひと
つ提案」

「……？」

「みんなの前では今まで通り神楽くんでいいよ。ただ……
今みたいにふたりっきりのときは昊芭って呼んで」

「え、えっ」

「ふたりのときだけだからいいでしょ？」

　た、たしかにふたりっきりのときなら。

　でもでも、やっぱり恥ずかしさは抜けないわけで。

「これでも妥協したんだよ？　ほんとはいつも昊芭って呼
んでほしいのに」

　今回ばかりはわたしが折れるしかない……のかな。

　神楽くんがここまでグイグイくるのも珍しいから。

「呼べなかったらお仕置きかなぁ」

「え!?」

「心配しなくていいよ。甘いお仕置きしかしないから」

　ま、またそんな無茶なこと……！

「慣れるために今からたくさん呼ぼうか？」

「さ、さっき呼んだじゃないですかぁ……」

「俺があれだけで満足すると思う？」

「お、思いません……」

「さすが百葉ちゃん。俺のことよくわかってるね」

「で、でもやっぱりいきなり呼ぶのは……」

「じゃあ、これから百葉ちゃんは更科さん呼びに決定だ？」

　うっ……今日の神楽くんはイジワルが増してる。

　全然引いてくれる気配がない。

「それは、や……です」

「俺も神楽くん呼びはやだなぁ？」

　身体をくるっと回されて、あっという間に神楽くんの顔が目の前に。

「ふたりっきりのときだけでいいから——呼んで、昊芭って」

　耳元で甘くささやいて……優しく触れて。

　極め付きは——。

「ね、百葉ちゃん。おねがい」

　こ、ここまでされたら断れないよぉ……。

「ふたりのときだけ、ですよ……」

「うん。いま呼んで」

　とびきり甘い顔をして。

　神楽くんは、ねだるのも誘うのもとっても上手。

　その気にさせるのだって、自分の思い通りにもっていくのだってお手のもの。

「そら、は……くん……」

「もういっかい」

「ぅ、そらは……くん」

「もっと呼んで」

「昊芭く——んんっ」

「可愛い……もう限界」

　名前を呼ぶたびに、胸のあたりがキュッてなる。

　それに甘いキスが落ちてくると、さらに心臓が騒がしく
なって。

「ねぇ……もっと呼んで」

「んんぅ……」

「呼べるまで離してあげない」

　ちゃんと呼びたいのに。

　呼ぼうとすると、絶妙なタイミングで口を塞がれて。

「はぁ……ぅ」

「苦しいね？　……でもまだやめないよ」

　ほんのわずか……口をあけて、スッと冷たい空気を吸い
込むと。

「口あけてるのエロくてたまらないね」

「んぁ……ぅ」

　強引に口の中に舌が入ってきて、腰のあたりがピリピリ
する……っ。

　口の中が熱くて溶けちゃいそうで。

　唇に触れる熱も、甘くて……甘すぎて。

「そら……は、く……んっ」

　途切れちゃったけど、やっと呼べたのに。

　キスが止まることはまったくないまま。

「ぅ……ちゃんと呼んだのに……っ」

「……ごめんね。やっぱりまだ離してあげられないや」

「ふぇ……」

「百葉ちゃんが可愛く煽るから」

「あ、煽ってな……んっ」

「俺の好きにさせて。……たっぷりキスしようね」

　結局この日、神楽くんの暴走は止まらず……。

＊　＊　＊

　そんなこんなで、ふたりっきりのときは"昊芭くん"っ
て呼ぶのがぜったいになり……。

　朝、いつものように家まで迎えに来てくれて、学校に向
かう途中。

「今ふたりっきりだね？」

「ぅ……わざと呼ばせようとしてないですかっ」

「ふっ、どうかな」

　ふたりっきりって強調してるし。

　こういうところが、とってもイジワル。

「神楽くんって呼ぶたびにキスいっかいね」

「え!?」

　な、なんか新ルール増えてる……！

「簡単なことだよね。百葉ちゃんが俺を神楽くんって呼ば
なければいいだけなんだから」

「そ、それはそうですけど……！」

「けど？　何か問題ある？」

　うぅ……押し負けそう……。

「か、神楽くんずるいです。わたしが――はっ」

　あわわっ、どうしよう。

　いつもの癖で呼んでしまった。

　慌ててパッと顔をあげた瞬間。

「っ……!!」

　人目も気にせず、ふわっと重なる唇。

「百葉ちゃんは何回俺にキスされちゃうのかな?」

「ここ外です……!!」

「関係ないよ。百葉ちゃんが呼べなかったんだから」

「せ、せめて場所はわきまえてください……!」

　今たまたま誰もいなかったからよかったけれど。

　誰かに見られてたら、恥ずかしいってもんじゃない……。

「やっぱりふたりっきり以外のときでも呼んでもらおうか
なぁ。そっちのほうが練習になるもんね」

「な、なんでそうなるんですかぁ……」

「百葉ちゃんのためだよ?　楽しみだなぁ。百葉ちゃんが
神楽くんって呼んだら、容赦なくキスできるなんて」

　もはやこれは、名前を呼ぶというよりも、キスできるこ
とを楽しみにしてるのでは……!?

　これじゃ神楽くんの思い通りになってしまう。

　そうはさせないように、なんとしても昊芭くんって呼ぶ
ようにしないと。

　最初のうちは恥ずかしくて慣れないけど。

　2、3日くらいすればきっと慣れるはず……!

＊　＊　＊

「おっ、昊芭と更科ちゃんは相変わらずラブラブしてん

ねー！」

「葎貴、おはよう」

「うわ……昊芭めちゃくちゃ機嫌良さそうじゃん。なんか
気味悪いんだけど」

「葎貴ひどいなぁ。まあ、お察しの通り俺いま機嫌良いか
ら許してあげるよ」

「なんだなんだ、これも更科ちゃん効果か！ 昊芭が毎日
気持ち悪いくらい更科ちゃんにデレデレしてるもん
なー！」

「葎貴はいちいちひと言余計だね。まあ、否定(ひてい)はしないけど」

　相変わらずふたりとも仲がいいなぁ。

　……と感心してると。

「更科ちゃんも大変だよねー。昊芭の更科ちゃんへの愛が
異常っていうかさー！」

　なんと話の矛先(ほこさき)がこちらへ。

「こいつ結構心狭いんじゃない？ 更科ちゃんがちょっと
でも他の男と仲良くしてたら、相手のこと目で殺しそう
じゃん？」

「た、たしかに神楽くんは──」

「あれ、百葉ちゃん？」

「……？」

「俺との約束どうしたのかな？」

　はっ、早速やってしまったぁ……。

　油断禁物(ゆだんきんもつ)と思ってたのに……。

　当然のことながら、神楽くんが聞き流してたわけもなく。

　雪峰くんに聞こえないように、耳元でボソッと。

「……そんなに俺にキスされたいの？」

「い、今のは……っ」

　ここ教室だけど、まさかキスしない……よね？

　神楽くんはエスパーなのか、わたしの考えてることなんかお見通しのようで。

「……ここではしないよ」

　怪しくにっこり笑いながら。

「ふたりっきりのときに……ね？」

＊　＊　＊

　迎えた休み時間。

「更科さん、ちょっといいかな？」

「……？　どうかしたんですか？」

　急に神楽くんに話しかけられてびっくり。

「先生に呼ばれてるから、職員室についてきてもらってもいいかな？」

「あっ、わかりました」

　なんの用事だろう？

　生徒会関連かな。

　少し前を歩く神楽くんは、さっきからこっちを見てくれないし話もしてくれない。

　いつもなら神楽くんから話を振ってくれるのに。

「神楽くん……？」

　呼びかけると、こちらを振り返って。

　勝ち誇ったような顔で笑ってるではないですか。

「あーあ。また呼んじゃったね」

　はわわ……っ。ま、またしても……！

　わ、わたしはどうしてこうも学習能力がないの……！

　意識しないとどうしてもダメだ……。

「俺も我慢の限界だからちょうどいいね」

「え……きゃっ」

　グイッと腕を引かれて……薄暗くてシーンとしてる空き教室へ。

　中に入ると神楽くんがすかさず鍵を閉めて。

「……これで百葉ちゃんとふたりの時間を愉しめるね」

「え、あっ……先生に呼ばれてるって」

「そんなの嘘に決まってるでしょ？」

「えぇ……」

「百葉ちゃんを連れ出すための口実だよ」

　うぅ……まんまと騙されてしまった。

「さて今からたくさんキスしよっか」

「た、たくさんって……」

「百葉ちゃんはされるがままになってたらいいよ」

「ん……っ」

「俺の好きにするから……ね？」

　壁に身体を押さえつけられたまま。

　唇に軽く触れる程度のキス。

　最初はふわっと優しく重なるくらいで。

　少しずつ唇を動かして。

「……んむっ」

「百葉ちゃんはこうされるの好きだもんね」

　上唇を軽くはむっと挟まれて。

　チュッと音を立てて何度も唇を吸い上げて。

「ほんと感じやすいね」

「ふぁぅ……ん」

「唇にキスしてるだけなのに」

「んや……」

「身体中ビクッとさせて……敏感で可愛いね」

　キスと与えられる刺激に耐えられなくて。

　自分の身体をうまく支えられない。

「……っと。きもちよくて腰抜けちゃいそう？」

「もう……ん」

　止まってほしいのに、キスでうまく邪魔されちゃう。

　何度も何度も繰り返し唇が重なって。

　もう何回してるか、わからなくなる。

　思考がぜんぶ甘く溶けて痺れるばかり。

「あと何回する？」

「ぅ、か……ぐらくん……っ」

「ほらまた呼んでるよ？　俺とキスしたくてわざとやってるの？」

　冷静な思考なんて、もう残ってるわけない。

　キスのせいで、さらに鈍っていくばかり。

　でも、神楽くんはちっとも甘い刺激を止めてくれない。

「前より唇弱くなってるね？」

「ふぅ……ん」

「指で少し触れただけなのに」

「あぅ……っ」

「こんな可愛い声出るんだもんね」

　キスされながら、下唇に少し触れられると余計にゾクゾクする……っ。

「あとは……ここ」

「やぁ……ぅ」

「太もも弱いもんね。足震えちゃって可愛いね」

　軽くスカートをまくって、神楽くんの手が肌を撫でるように触れてくる。

「可愛いなぁ。俺が触れるたびに可愛く乱れてさ」

「ぅ……ん」

「俺の与える刺激にクラクラしてる百葉ちゃんも可愛くて……ものすごく好き」

　可愛いって、好きって言われると、身体が勝手に反応しちゃう。

「スカート……から、手抜いて……ください……っ」

「どうして？　ここ好きなのにいいの？」

　グッと力を強くしたり、そっと撫でるように触れたり。

　スカートの中で甘く動いて、力がぜんぶ抜けちゃう。

「昊芭くん……っ」

「あぁ……まって。今のいい……すごく可愛い」

「っ、もう止まってください」

「百葉ちゃんに下の名前で呼ばれると興奮しちゃうね」

「ふぇ……？」

「もっと呼ばせたくなるし、止まんなくなる」

「も、もう……んん」

「まだまだ離してあげない。もっともっと……ぜんぶ溶けるくらいにたくさん甘いキスしようね」

会長の理性は葛藤中。

　ある日突然。
　予期せぬ会話を耳にしてしまった。
　それはつい最近の放課後のこと。
「ぶっちゃけさ、昊芭と更科ちゃんってどこまで進んでんの?」
「ずいぶんド直球な質問だね」
　この声は昊芭くんと雪峰くん?
　ちょうど教室に戻る途中の廊下で、偶然ふたりが話してるところに遭遇。
　とっさに隠れてしまって、出ていくタイミングを逃してしまった。
「だってさ、更科ちゃんってピュアで純粋って感じだろー? キスだけで顔真っ赤にしそうじゃん!」
「あのさ、俺の百葉ちゃんで変な妄想しないでくれる? 殺意わくから」
　このまま盗み聞きもよくないと思って、立ち去ろうとしたんだけれど。
「でもさ、お前ぜったい我慢してるだろ?」
「そりゃ我慢はするよね。触れたくても自分の中で抑えるときだってあるし」
「おー、昊芭やるじゃん! けど我慢とかしんどくねーの?」

「まあ、百葉ちゃん無意識に煽ってくるからね」

　昊芭くんが何かを我慢してる事実が発覚。

　それが気になって、この場を離れずに思わず会話を聞いてしまってる。

「つーか、可愛い彼女がそばにいて、キスだけで抑えるとか無理じゃね？」

「そこで抑えなきゃ彼氏として失格でしょ。百葉ちゃんが怖がることはしないって決めてるから」

「わーお、昊芭くんかっこいいねー！　俺だったら間違いなく無理だわ！　更科ちゃん可愛いし！」

「だから、俺の百葉ちゃんで妄想しないでくれる？　死にたくてわざと煽ってるの？」

　昊芭くんは何を我慢してるんだろう……？

　わたしに何か不満があるけど言えない……とか。

　急にモヤモヤに襲われてしまった。

　それからずっと、昊芭くんの様子を見ながら探（さぐ）ってみたけど。

　何を我慢してるのかさっぱりわからず。

　かといって、昊芭くん本人にも聞けないし……。

　結局解決せず、モヤモヤを抱えたまま。

＊　＊　＊

　とある日の放課後。

　昊芭くんが職員室に用事があって、教室で待ってると。

「あれー、更科ちゃんひとり？」

「あっ、雪峰くん」

「もしかして昊芭待ってるとかー？」

「そ、そうです。いま職員室に行ってて」

「そっかそっかー！　相変わらずふたりはラブラブだねー！」

　ラブラブ……なのかな。

　最近、昊芭くんが我慢してることが気になって。

　はっ……いま雪峰くんに聞くチャンスなのでは？

　ちょうど昊芭くんいないし、雪峰くんなら何か教えてくれるかもしれない。

「あの、雪峰くんに聞きたいことがあって」

「ん？　どうしたのー？」

「昊芭くんのことで……」

「おぉ、なになに??　更科ちゃんからの相談なら俺なんでも聞くよー？」

　た、頼もしい……！

　これは相談しやすい。

「昊芭くんは、わたしに言えない何かを我慢してるんでしょうか……？」

　思い切って聞いてみたら。

　雪峰くんが一瞬フリーズして、そのあと目をぱちくりさせてる。

　あれ……わたし何か変なこと聞いたかな……!?

「え、更科ちゃん急にどうしたの!?」

「す、すみません。えっと、少し前に昊芭くんと雪峰くんの会話を偶然聞いてしまって」

「ほほーん、なるほどね！　もしかして、この前の放課後の話聞いちゃった？」

「盗み聞きするつもりはなかったんですけど……。偶然聞こえた会話の内容が気になって、聞いてしまいました」

「ははっ、更科ちゃん正直だねー！　そっかそっかー。昊芭が我慢してることが気になるのかー」

「わたしに何か不満があるとか……」

「いやいや、それは断じてないよ！　更科ちゃん気づいてるかわかんないけど、昊芭の更科ちゃんへの愛ってめっちゃ重いからね!?」

「そ、そんなにですか」

「もはやアイツの眼中(がんちゅう)には、更科ちゃんしか映ってないと思うよ！」

「なおさら我慢してることが気になります……」

　昊芭くんがわたしを想ってくれるのは、うれしいけど。

　そんな昊芭くんに我慢させてるなんて、彼女として失格なのでは……。

「まあ、あんまり重くとらえなくて大丈夫だよ！　たとえば昊芭にしてほしいこと聞いてみるとかさー！　更科ちゃんになら何されてもよろこぶと思うけど！」

　昊芭くんがしてほしいことってなんだろう？

　自分からあんまり聞いたことないし、昊芭くんもそんなに言わないし。

「男って結構単純な生き物でさー。好きな女の子がそばに
いたら、自分を保てなくなるんだよねー」
「保てなくなると大変……ですか?」
「そりゃもう大変だよー! けど、可愛い彼女のためなら
我慢も必要だしねー。そうだっ、更科ちゃんから積極的に
昊芭に迫ってみるのどう? アイツよろこぶと思うよ」
「わたしから積極的に……」
「あとね、男は我慢しすぎると大変なことになるから。昊
芭のことだから浮気とかはないだろうけど! まあ、我慢
させるのもほどほどにって感じかなー!」

　つまり、昊芭くんがしたいことを聞いたらいいのかな。
　雪峰くんは、わたしから積極的になってみるのがいいっ
て言うけど。
　やっぱり、いきなりそれはハードルが高すぎるような。
　うぅ……またしても悩みが増えてしまった。

*　*　*

　そんなこんなでまた数日。
「百葉ちゃん?」
「…………」
「百葉ちゃーん。俺の声聞こえてる?」
「……はっ。す、すみません」
　いけない。
　昊芭くんに呼ばれてたのに気づかなかった。

「どうしたの？　最近よくボーッとしてるね」

「うっ、すみません。いろいろあって……」

「いろいろって気になるなぁ。俺には内緒なの？」

「な、内緒というか、昊芭くんのことで……あっ」

　会話の流れで普通に言っちゃった。

　当然のことながら、昊芭くんが聞き逃すわけもなく。

「俺のことなんだ？　何か気になっちゃうね」

「えっと、えっと……」

「いいよ。今から俺の部屋でゆっくり話聞こうか」

　どうやら訳を話すまで、昊芭くんは折れてくれなさそう。

　──で、結局昊芭くんの部屋にお邪魔することになり。

　ど、どうしよう。

　ふたりっきりなのは、別に今日がはじめてじゃないのに。

　なぜか緊張してドキドキしちゃう。

　雪峰くんから言われたこと。

　わたしから積極的になったら、昊芭くんがよろこんでくれるって。

　うぅ……それがいま頭の中を支配してる……っ。

　実際のところ積極的に……って何したらいいんだろう？

　グルグルいろんなことが駆け巡って、今度は頭がパンクしちゃいそう。

「そんなところに立ってないでこっちおいで」

　あんまり意識しすぎると、キャパオーバーになっちゃうから。

　なるべく落ち着いて自然に──。

「わわっ、きゃっ……」

　足元から滑って、そのままソファに座ってる昊芭くんの上にダイブ。

　ま、まだ心の準備ができてないのに……っ。

　ドキドキしながら、昊芭くんの胸に顔を埋めてると。

「ケガしなかった？　いきなり転ぶからびっくりしたよ」

　わたしの背中をポンポンして、優しく声をかけてくれる。

　昊芭くんはこんなに優しいのに。

　何を我慢させちゃってるんだろう……？

　思わず大胆に……ギュッと抱きついてしまった。

「百葉ちゃん？　どうしたの？」

　いつもわたしは、恥ずかしがって逃げてばかりで。

　昊芭くんにいろいろ我慢させてたなんて、やっぱり彼女として失格かな……。

　こんなに大切にしてもらってるのに。

　わたしは何も返せてない……のかもしれない。

「昊芭くんは、何されたらうれしい……ですか？」

　ひょこっと顔をあげて聞いてみると。

　いつもと同じ笑顔で答えてくれた。

「そうだなぁ。百葉ちゃんからギュッて抱きついて、キスしてくれたら舞い上がっちゃうかもね」

　軽く冗談っぽい感じ……だけど。

　昊芭くんがされてうれしい……なら。

　いつもは恥ずかしくて、ぜったいできないけど。

　少し身体を前のめりにして……。

　昊芭くんの唇にうまく重なるように……そっと自分のを重ねた。

　目を閉じるのをすっかり忘れてしまって。

　唇が重なったまま。

　目を見開いて驚いてる昊芭くん。

　ゆっくり唇を離すと……。

「え、ちょ……百葉ちゃんどうしたの？」

　あきらかに慌ててる様子。

　昊芭くんがしてほしいことしたけど、違ったのかな。

「まってまって、百葉ちゃん何かあった？」

「どうして、ですか？」

「百葉ちゃんからキスって……」

「……嫌でしたか？」

「いや、むしろもっとしてほしいけど」

「じゃ、じゃあ……もういっかいします」

「まって、ほんとにどうしたの？　大胆すぎて逆に心配になるんだけど」

「昊芭くんに我慢……してほしくなくて」

　もう一度……触れるだけのキスをわたしからすると。

　昊芭くんの表情がグラッと一気に崩れて。

「いや、ほんとにまって。これ以上は無理……っ。俺の理性が飛ぶ前に止まって」

「理性が飛んじゃったらダメ、なんですか？」

「っ、ダメに決まってるでしょ」

　昊芭くんが慌ててわたしを止めようとしてる。

　それに少し取り乱した様子で、頭をガシガシかきながら。
「なんで今日の百葉ちゃんこんな積極的なの」
「昊芭くんがよろこぶかなって」
「そりゃ、よろこぶけど。でもダメだよ、今ふたりっきり
なのわかってる?」
「わかってます……」
「うん、わかってないよね」
　うぅ……なんだか昊芭くんちょっと不機嫌……?
「はぁ……百葉ちゃんって無意識に煽ってくるよね?　俺
のこと翻弄するの愉しんでる?」
「ただ、えっと……昊芭くんが何か我慢してることがある
のかなって」
「もしかして、百葉ちゃんが最近悩んでたのって、それが
原因?」
「そ、そう……です」
「はぁぁぁ、まって。もしかして誰かに何か吹き込まれた
とか?」
「雪峰くんに相談しちゃいました」
「なるほどね。それで百葉ちゃんがこんな大胆なことして
きたわけね」
　何やらすべて納得がいったよう。
　けど肝心のわたしの悩みは解決してないような。
「百葉ちゃんが誤解しないように、ちゃんと話すよ。ただ、
これは俺が思ってることで、百葉ちゃんには強制したくな
いし、百葉ちゃんのペースに合わせたいと思ってるから」

「やっぱり、わたしのために何か我慢してるんですか……？」

「我慢してないって言ったら嘘になるけど」

「わたしは、我慢してほしくない……です」

「うーん……それは難しいことなんだよ」

　珍しく昊芭くんが悩みながら、言葉に詰まってる。

「百葉ちゃんさ……キスより先のこと考えたことある？」

　昊芭くんがそっと……わたしの首筋のあたりに触れて。

　そのまま指先を軽く下に動かしながら。

「百葉ちゃんのぜんぶ……俺がもらうんだよ」

　わたしの心臓のあたりで、ピタッと指を止めた。

「キスなんかよりずっと……恥ずかしくて甘いことするの」

「んっ……」

　そのままゆっくり唇が重なって、甘いキスが落ちてきた。

　少しの間ただ触れてるだけで、ゆっくり離れていって。

「百葉ちゃんのこと大切にしたいから。俺だけの欲で百葉ちゃんを壊したくないの、わかる？」

　何かをグッとこらえて、抑えるような……。

　昊芭くんの中でも、何か葛藤があるのかもしれない。

　きっとそれは、わたしを想ってのこと。

「いま百葉ちゃんのこと抱いたら……優しくしてあげられない」

「昊芭くんは、いつも優しい……です」

「それは少し余裕があるからだよ。でもね、百葉ちゃんとキスよりもっとするってなったら……そんな余裕ぜんぶなくなる」

　優しくそっと……大切なものを扱うみたいに。

　おでこや頬……首にたくさん優しいキスが降ってくる。

「俺はそこまでできた人間じゃないんだよ。百葉ちゃんの熱に溺れたら……ずっと求めて止まらなくなる」

　最後に唇にキスがふわっと落ちた。

　触れて、最後に軽くチュッとリップ音を残して。

「百葉ちゃんのこと大切にしたいから、わかってほしいな」

　おでこをコツンと合わせて、やわらかく笑った。

「わ、わたしすごく大事にしてもらってるんですね」

「あたりまえだよ。どれだけ愛しても足りないくらいなのに」

「うぅ……ストレートすぎるのは心臓に悪いです……っ」

「よく言うよ。俺のこと誘惑してきた小悪魔ちゃん」

「ゆ、誘惑って……」

「まだキスよりもっとはしないけど。……ただ少しフライングはさせてね」

「んん……っ」

「あとあんまり煽らないでね。百葉ちゃんは俺の理性を簡単に崩しちゃうから」

　どうやらキスよりもっとは……まだまだ先のことになりそうです。

会長に見合う女の子になりたくて。

　ただいま絶賛冬休み中。

「ん……」

「起きたね。おはよう、百葉ちゃん」

「おはよう、です……」

　じつは昨日から昊芭くんのおうちにお邪魔してて、そのままお泊まり。

「まだ眠そうだね？」

「寒くて眠い……です」

「もっと俺の近くおいで」

　冬の朝はとっても寒くて苦手。

　でも、昊芭くんの体温を近くで感じるとあたたかい。

「このまま布団から出たくないですね」

「それは俺と１日ずっとベッドで甘いことしたいの？」

「ぅ……どうしてそうなるんですかぁ」

「朝から誘ってくるなんて大胆だね」

　違うのに……って思いながら、昊芭くんのぬくもりから抜け出せない。

「百葉ちゃんは、そうやって煽ってくるんだもんね」

「煽ってない、ですよ」

「無自覚って怖いなぁ。まあ、そんなところも可愛いけど」

　それからしばらくベッドから出られず。

　時刻は朝の９時を過ぎた。

「そろそろ起きなきゃいけないね」

「そうですね」

「朝ごはんどうしよっか。いつも百葉ちゃんに作ってもらってばかりだし。たまには外に食べに行く？」

　なんでも、マンションの近くにパンがとっても美味しいカフェがあるらしく。

　ふたりでそこに行くために準備することに。

　起きたばかりだし、今はメガネでいいかな。

　髪もブラシでとかす程度で、おろしたまま。

　あとは軽くリップを塗るくらい。

　準備を終えて昊芭くんのもとへ。

「まって、百葉ちゃん。まさかその格好で行く気？」

「……？　はい。これがいちばんあたたかいかなと」

「そんな薄着ダメだよ。もっと他にないの？」

「あっ、じつは昊芭くんのおうちに置いてる服が、どれも薄着なものばかりで」

　その中でも、あたたかそうなのを選んだんだけれど。

　昊芭くんがとっても心配してる。

「外寒いだろうし、風邪ひいたらどうするの？　俺の服貸してあげるからそっち着ようね」

　白のとってもあたたかいスウェット。

　フードもついてて、これ1枚でワンピースになる。

　オーバーサイズだから、ゆるっと着られそうかな。

　その上にコートを羽織って準備完了。

　昊芭くんは、ブラウンのシンプルなロングコートに、真っ

白のマフラーをしてる。

「その格好で寒くない？」

「もこもこしてるので大丈夫です！」

「今度ちゃんとあたたかい服も持っておいで」

「そ、そんなにたくさん置いちゃっていいんでしょうか」

　昊芭くんの部屋なのに。

「いいに決まってるでしょ。百葉ちゃんは俺の彼女なんだから」

*　*　*

「うぅ……朝はやっぱり寒さが強いですね」

　部屋から外に出た瞬間が、いちばん寒い……っ。

　あたたかくしてきたのに、冷たい風が頬に触れるとヒヤッとする。

「俺のマフラー貸してあげるよ」

「えっ、それじゃ昊芭くんが寒いですよ！」

「俺のことは気にしなくていいの。百葉ちゃんが寒がってるの放っておけないでしょ」

　ふわっとマフラーを巻いてくれた。

　微かに昊芭くんの匂いがして、とってもあたたかい。

「昊芭くんは寒くないですか？」

「俺は百葉ちゃんと手つないでるから平気」

　つないでる手を、そのままコートのポケットへ。

「こうしたら百葉ちゃんもあったかいでしょ？」

　今日も今日とて、昊芭くんがわたしに優しいのは変わりません。

　少し歩くとカフェに到着。

　中に入ると、焼きたてのパンの匂いがふわっと広がる。

　すでに何人かお客さんがいて、少し待ったらテーブルへ案内してもらえた。

　パンとワンプレートがセットで、店員さんがタイミングを見て、毎回違った種類のパンをテーブルに持ってきてくれるみたい。

「ワンプレートだけど満足な量ですねっ」

　パンも焼きたてで美味しいし、これならいくらでも食べられそう。

「百葉ちゃんによろこんでもらえてよかった。またふたりで来ようね」

　まったりした朝を過ごせて幸せだなぁ。

　……と思っていたら。

　何やら視線を感じて、ふとそちらへ目線を向けると。

　近くのテーブルに、高校生くらいの女の子ふたり組が。

　こっちを見て、何かひそひそ話してる。

「あそこのふたりってカップルなのかな?」

「そうじゃない?　彼女っぽい人あれぜったい彼氏の服着てるじゃん」

　わたしたちのこと……かな。

　昊芭くんは、かっこよくてどこにいても目立つから。

　女の子たちの視線を集めちゃうのは仕方ない。

「彼氏イケメンなのに、彼女残念すぎない？」

「たしかにー。なんか暗そうで地味だよね」

　あっ……わたしのことも言われてる。

　地味って言われるのは慣れてる……けど。

「あんな地味っぽい子のどこがいいんだろう？　彼氏イケメンなのにもったいないよねー」

「ほんとそれ。あんなイケメンなら選び放題じゃんね。ちょっと趣味疑っちゃう」

　どうしよう。

　わたしのせいで、昊芭くんまで悪く言われてる……。

　今までは自分ひとりの問題だったから、何を言われても気にしないでいたけど。

　地味なわたしが隣にいることで、昊芭くんまで悪く言われてしまうのは嫌だ……。

＊　＊　＊

「塔子ちゃん大変です……」

「何よ、どうしたの？　いきなり連絡してきて相談に乗ってほしいなんて」

　まだ冬休み中。

　今日は塔子ちゃんがおうちに遊びに来てくれてる。

　つい最近あったことを塔子ちゃんに相談。

「昊芭くんに見合う女の子になるにはどうしたら……」

「充分なってると思うわよ？　まず百葉、あなたはとって

も可愛いの。何か言ってくる子たちは、百葉の可愛さを妬（ねた）
んでるのよ」

「でも、わたしが地味なのは事実で。この前も、地味なわ
たしを連れてる昊芭くんが悪く言われるし……」

「そんなの勝手に言わせておきなさい」

「そのときわたしメガネに髪もボサボサで……」

「別に気にする必要ないと思うわよ？　周りの目なんて気
にしないのがいちばん。まあ、そう言っても、会話とか聞
こえたら気になるものよね」

　塔子ちゃんの言う通り。

　気にしだしたらキリがないから。

「昊芭くんはどう思ってるんだろう……」

「気になるなら本人に聞いてみなさい。もし仮に、百葉の
容姿が地味だとか、隣に並ぶのが嫌だとか言ってきたら、
最低だから別れることね」

「うっ……」

「まあ、そこは100％心配しなくていいと思うけど。神楽
くんはぜったいそんなこと言わないくらい、百葉にぞっこ
んだもの」

　たしかに、昊芭くんはわたしの容姿について何か言って
きたことはない。

　可愛いとかは言ってくれるけど。

　地味だとか、容姿を否定するようなことはぜったい言わ
ない。

　地味なわたしでも、素顔でいるわたしでも……どんな姿

でも変わらず好きだって言ってくれる。

　そこが昊芭くんの優しいところ。

「そもそも、神楽くんは百葉には素顔を隠してほしいんじゃない？」

「……え？　地味なままがいいってこと？」

「神楽くんの場合はどんな百葉も好きだろうから、見た目のことはまったく気にしてないと思うけど。まあ、しいて言うなら、百葉の可愛い素顔を誰にも見せたくないのが本音じゃない？」

　素顔は自分だけに見せてほしいっていうのは言われるけど……。

　でも、やっぱり昊芭くんの隣に並んで、少しでも釣り合うようになりたい……から。

「まあ、百葉の中で変わりたいって気持ちがあるなら、わたしは応援するし協力もするわよ」

「うっ、塔子ちゃんありがとう……！」

　こうして塔子ちゃんに相談に乗ってもらい……。

「まずはコンタクトに変えることね。あと、前髪はもう少し短くして目元を見せること。せっかく大きな目なんだから隠すのもったいないでしょ？」

「な、なるほど……」

　他にもいろいろとアドバイスをもらい……。

　冬休みが明けてから、実践してみることに。

＊　＊　＊

　そして冬休み明けの初日。

　朝ちょっと早起きして洗面所を独占。

　メガネはやめて、コンタクトに。

　ほんのり色がつくリップを唇に塗って。

　髪もいつもとは違って、毛先だけゆるく巻いてみた。

　塔子ちゃんにアドバイスしてもらった通りにやってみたけど。

　うぅ……なんだか緊張してきた……。

　学校でメガネがない状態で過ごす不安しかない……。

「おー、百葉。今日早起きだなー」

「ひっ、お兄ちゃん……！」

「おっ、今日いつもと雰囲気違っていいな！　メガネもないし、髪もおろして学校行くなんて珍しいなー？」

「へ、変……かな。なんだか見慣れなくて、何度も鏡で確認しちゃって……」

「どこが変なんだ？　むしろ可愛すぎて注目浴びるんじゃないかー？」

「そ、それはないよ!!」

「百葉は相変わらず自分のことには鈍感だなー。これじゃ、会長さんも大変。可愛い百葉を守るのに必死なのが想像できるな？」

　ちなみに昊芭くんは今日午前中、家の用事でお休み。

　午後の授業から参加するって連絡が来てた。

　なので今日はひとりで学校に向かうことに。

　駅や電車の中で、すれ違う人がみんな二度見してくるの

なんでだろう？

　もしかして、変に悪目立ちしてる……!?

　普段の自分じゃないだけで、周りの目が気になってばかり……。

「おい、あの子めちゃ可愛くね!?　ひとりだし声かけてみる!?」

「いや、あれだけ可愛かったらぜったい彼氏いるだろ」

「たしかに。彼氏と待ち合わせしてるとかいうオチかもな」

　ほ、ほら……今も男の子のグループがすごくこっちを見て、ひそひそ話してる……。

　学校に着いてからも、みんなにすごく見られてる……。

　わたしが過剰に気にしすぎなのかなぁ……。

「あの美少女誰だよ！　俺たちの学校にあんな可愛い子いたか!?」

「あれだけ可愛かったら目立つし、噂にもなるよなー！もしかして転入生とか？」

　門から下駄箱って、こんなに遠かったっけ。

　もう周りを気にしないで、早く教室を目指して──。

「ねーね！　キミ何年生？」

「ひっ……！」

　び、びっくりした。

　いきなり声をかけられて、変な声が出ちゃった。

「さっきから可愛いなーと思ってさ！　周りみんなキミのこと見てるの気づいてる!?」

「そうそう！　可愛くて目立ってるやつね！　俺たち3年

なんだけどさ！　よかったら学年と名前教えてよー」

　うっ……すごいグイグイこられてる……。

　男の子とこんな話すことないから、どうしよう。

「え、えっと……３年生です」

「えー!!　俺たちと同じ学年!?　こんな可愛い子いたかよ!?」

「名前は!?　ってか、なんで今まで話題になってなかったんだ?」

「さ、更科……百葉、です」

　名前を伝えると、ふたりは一瞬顔を合わせて。

　首を傾げながら、何かを考えるそぶり。

「ん?　なんか聞いたことある名前じゃね?」

「更科って……ん?　え、もしかして副会長じゃね!?」

「会長の神楽と一緒にいるあの副会長!?」

「そ、そうです」

「うわー、俺たち副会長がこんなに可愛いなんて知らなかったわ!!」

　まさかこんなに驚かれるとは。

　教室に着いてからも、騒がしいのは落ち着かず。

「ゆ、雪峰くん。おはよう、です」

「…………」

　あれ、なんで固まってるんだろう?

　というか、誰ですかって顔してる……?

「雪峰くん?」

「……え、あっ、更科ちゃんか!!」

　よかった。

　雪峰くんは気づいてくれた。

「えっ。ってか、ほんとに更科ちゃん!?」

　こ、これってデジャブ……?

　雪峰くんまでびっくりして、目がギョッと飛び出てる。

「髪型いつもと違うし、メガネないし!!　よく見たら更科ちゃんだって気づいたけど!!　だいぶ雰囲気変わったねー!」

「えっと、ちょっと変えてみました」

「いやいや、ちょっとどころじゃないよ!?　更科ちゃんももともと可愛いだろうと思ってたけどさ！　想像を超えてきたっていうか！　こりゃ噂が回るのは一瞬だろうな」

「噂……?」

「そうそう!!　更科ちゃんがめちゃくちゃ可愛いって噂!!」

「え、えぇ!?　な、なんでそんな噂が!?」

「そりゃ流れるでしょ！　ってか、なんで更科ちゃん自分が可愛いって自覚ないの!?」

「か、かわ……!?　そんな滅相もない……！」

「更科ちゃんの無自覚ってこえー！　これは昊芭がヤバそうだな一。更科ちゃん見た瞬間、びっくりしてぶっ倒れるんじゃない?」

　なんで倒れちゃうんだろう?

　昊芭くんはわたしの素顔知ってるし。

　そんなに驚くこともないんじゃ。

「アイツ嫉妬で頭おかしくなるだろうな一。更科ちゃんの

ことになると正気じゃいられないもんねー。昊芭のリアク
ションが楽しみだわ！」

　雪峰くんは何を楽しみにしてるんだろう？

　それがわかるのは、お昼休みになったタイミング。

　午前の授業を休んだ昊芭くんが教室に来たとき。

「あっ、昊芭くん。おはようございます」

「…………」

　わたしが声をかけた途端、昊芭くんが固まった。

　え、あれ？

　ピクリとも動かなくて、静止画みたいになってる。

　だ、大丈夫かな。

「そ、昊芭くん？」

「…………」

　すると、みるみるうちに昊芭くんの目がこれでもかって
くらい見開かれて。

　急に頭を抱えだしてしまった。

　本当にどうしたんだろう？

　いつもと様子が違いすぎて、心配になっちゃう。

「……ちょっとまって。いったん整理させて」

「ど、どうかしたんですか？」

「いま俺の目の前にいるのは更科さん？」

「え？　そ、そうです」

　もしかして、昊芭くんわたしを忘れちゃった……!?

　そ、そんなまさかなことあるかな。

「俺は今学校にいるんだよね？」

「そ、そうです」

「……ん？　だとしたら、なんで素顔の更科さんが？　あ、そうか。これ夢なのかな」

「えっと、これは現実です」

「……え？　まって。現実？」

「ほっぺ引っ張ったら痛いですよ」

　昊芭くんの頬を軽くむにってすると。

　それはもう驚いた様子で。

「まってまって。なんで百葉ちゃん素顔なの？　ってか、メガネは？　髪型もいつもと違うし、可愛さあふれすぎて大変なことになってるけど、俺はどうしたらいい？」

　相当慌ててるのか、みんなの前なのに"百葉ちゃん"呼びになってるし、すごく早口。

「そ、昊芭くん。落ち着いてください」

「落ち着けるわけないよ。俺だけが百葉ちゃんの素顔独占してたのに。こんなに可愛い百葉ちゃんが俺以外の瞳に映るなんて許せないし、見たやつ消したくなるし……嫉妬でおかしくなりそうだよ」

　ど、どどどうしよう。

　昊芭くんが大変なことになってる……！

　これはどうにかして、落ち着かせて止めなければ……！

「あ、あの昊芭く──きゃっ」

「……もう俺どうしたらいいの」

　クラスメイトの前なのに、お構いなしで昊芭くんが抱きしめてきた。

　周りの視線も叫び声も、すごいことになってる……！

「い、いったん落ち着いてください！　み、みんな見てます……！」

「見せつけてるのわからない？」

　こ、これはかなりまずいような……！

　いったんクラスから退避しなくては……！

「あのっ、えっと、少しクラスから出ませんか？」

「あぁ、俺とふたりっきりになりたいの？　いいよ、もう離してあげないから。いっそのこと百葉ちゃんがずっと俺の腕の中にいたらいいのに……閉じ込めたい」

　若干、今の発言問題ありだけど……！

　この際、今は気にしてる場合じゃない。

　昊芭くんと教室を抜け出して、向かった先は生徒会室。

　鍵を閉められて、昊芭くんとふたりっきりの空間。

「はぁ……百葉ちゃん。俺にわかるように、いちからぜんぶ説明してくれる？」

　ソファに座ると、今にも昊芭くんがガブッと襲いかかってきそう。

「い、いちからといいますと？」

「なんで素顔でいるの。百葉ちゃん見た瞬間、心臓止まりかけたよ」

「そ、そんなにですか？　昊芭くんは、わたしの素顔は見慣れてるので驚かないと思ってました」

「百葉ちゃんは小悪魔なの？　やっぱり俺のこと翻弄するのが好きなの？」

「え、え？」

「俺はね、素顔を見て驚いてるんじゃないよ。百葉ちゃんが俺以外に素顔を見せたことに動揺してるんだよ」

「やっぱりダメ……でしたか？　わたしみたいなのは地味なのがお似合いですかね……」

「いや、百葉ちゃん地味じゃないし、どんな百葉ちゃんも可愛いからダメとかないんだけどさ」

「……？」

「どうするの、百葉ちゃんが可愛いって噂回るの一瞬だよ？これから百葉ちゃんに変な虫がつかないように俺が守らないと。百葉ちゃんを可愛いって言ったやつ全員始末したい」

　あれ、いま物騒な言葉が聞こえたような。

　どうやら昊芭くんは、わたしが普段も素顔でいようとしてることに反対してるみたい。

「髪型少し変えて、コンタクトにしてみたんですけど……似合ってない、ですか？」

「いやいや、似合ってないとかそういう次元じゃないから。可愛さ炸裂しすぎて、俺の心臓破壊されそうだよ」

　なんだか今日は、昊芭くんの語彙力がだいぶどこかに飛んでる気がする。

「そんなに抱きしめられたらつぶれちゃいます……」

「俺の気がすむまで離してあげない」

　さらにむぎゅっと抱きしめて、このままだとずっと離してもらえないかも。

「……どうして俺以外に素顔見せちゃったの？」

「昊芭くんかっこいいので……。隣に並んでも恥じないように、変わりたいなと思って」

「その気持ちはすごくうれしいんだけどさ」

「……？」

「俺だけの可愛い百葉ちゃんの素顔を、他の男が知ったなんて……嫉妬でおかしくなりそうだよ」

「そんなに、ですか？」

　じっと昊芭くんを見つめると、それはもう深くため息をついて。

「はぁぁ……どうしてこんな可愛いの。それ俺にしか見せちゃダメだよ」

「昊芭くんにしか見せない、です」

「けど、どうして急に変わりたいなんて思ったの？　もしかして誰かに何か言われた？」

「周りの目が気になってしまって。気にしないのがいちばんだと、自分に言い聞かせようとしたんですけど、できなくて」

　今までは自分ひとりの世界だった。

　体質のことや、男の子に対する苦手意識もあったし。

　けど、今は昊芭くんがそばにいてくれて、変わりたい気持ちが自分の中で芽生えたから。

「わたしが悪く言われるのは平気なんです。でも、わたしのせいで、昊芭くんまで何か言われるのはどうしても嫌なんです」

「俺は気にしない……って言っても、百葉ちゃんは気にし

ちゃうよね」

「わ、わがままでごめんなさい」

「謝ることじゃないよ。百葉ちゃんが俺のことを考えて決めたなら、反対できないし。ただひとつだけ——俺はどんな百葉ちゃんでも好きで、大切にしたいと思ってることは忘れないでほしいな」

「も、もちろんです。昊芭くんの気持ちはこれでもかってくらい、たくさん伝わってます……！」

「あとひとつ約束して。今よりもっと俺以外の男に警戒することね」

「警戒……ですか？」

「もうずっと睨んでたらいいよ」

「顔が怖いって言われちゃいそうです」

「でも、百葉ちゃんどんな顔しても可愛いから逆効果かな。もういっそのこと、顔ぜんぶ隠しちゃう？」

「それじゃ不審者に間違われちゃいます！」

　これで一件落着かと思いきや。

　昊芭くんは、まだちょっとご機嫌斜めなようで。

「——で、まだ俺の機嫌悪いけどどうする？　百葉ちゃんが直してくれるのかな？」

「ぅ……どうしたら機嫌直してくれるんですか？」

「そうだなぁ。百葉ちゃんが自分で考えて？」

　にこにこ笑顔で、グイグイ迫る昊芭くんは容赦ない。

「機嫌直してほしい……です」

　すると、わたしの耳元でそっと。

「じゃあ、今日……俺の部屋おいで」

「っ……」

「俺が満足するまで離してあげない」

* * *

──放課後。

昊芭くんの部屋に入った途端。

「百葉ちゃんどうしよっか。俺いま嫉妬でおかしくなりそうだけど」

「ぅ……機嫌直してくれるはずじゃ……」

「だって、あれから百葉ちゃん目当てで近づいてくる男たくさんいたんだよ？　今日だけで何人の男に声かけられそうになったのかなぁ？　俺がそばで牽制してたから防げたけど」

今日ずっと、どこに行くにも昊芭くんが一緒で。

少しでもわたしに男の子が近づこうとしてきたら、昊芭くんが即ブロック。

「俺って結構嫉妬深いんだよね。独占欲も異常に強いみたいでね……百葉ちゃん限定で」

ひょいっとわたしを抱きあげて寝室へ。

わたしを抱っこしたまま、昊芭くんがベッドに座った。

「このまま帰りたくないなぁ……」

ギュッてしながら、上から唇が塞がれた。

抱っこされたままだから、お互いの距離が近くて。

　思わず目をつぶっちゃいそうになると。

「目閉じちゃダメ。ちゃんと俺を見てキスして？」

「うぇ……っ、ん」

　昊芭くんの唇がわずかに動くのが、少しもどかしくて。

　唇を軽く吸われたり、舌で舐められると身体が勝手に反応しちゃう。

「……相変わらずいい反応するね。百葉ちゃんはキスされるの好きだもんね」

「ふぅ……んん」

「あー……目が合ったままキスって興奮する」

　キスされながら、頬とか耳とかに触れられるのダメなのに……っ。

　少し撫でられただけで、ゾクゾクして声もうまく抑えられない。

「……そうだ。どうせなら、たまには違うことしてみよっか」

「ふぇ……っ」

「声我慢して？　可愛い声出したらダメだよ」

　そんな……っ。

　昊芭くんに触れられて、声我慢するなんて無理……っ。

　だから首をフルフル横に振ったのに。

「ほら俺がキスして触っても……声我慢しようね」

　さっきよりもグッと深く唇を押し付けて。

　小さく口をあけると、スッと熱が入り込んでくる。

　声出せない……から。

　我慢しようとして、昊芭くんのシャツをクシャッとつか

むと。

「……えらいね、ちゃんと我慢して」

「ふ……ぅ」

　指を絡めるように握り返されて、これだけでも反応して声が出ちゃいそうになる。

「けど、俺は優しくないよ」

「っ……！」

　気づいたらリボンがほどかれて、ブラウスのボタンもほとんど外されてた。

「百葉ちゃんの肌にたくさん触れて……俺のだって痕残してあげる」

　喉から下に指先をツーッと落として。

　軽くなぞられてるだけなのに。

「……ちょっと触れてるだけだよ？」

「っ……」

「声は我慢できても、身体は反応しちゃうんだ？」

　指でなぞられたところに、昊芭くんの唇が触れて吸い付いて。

　胸のあたりにもキスを落とされて、チクッと痛みがある。

「……声抑えてるの可愛いね」

　余裕な笑みを浮かべる昊芭くん。

　反対にわたしは、声を抑えるだけで精いっぱい。

「そんな百葉ちゃん見てると、俺もイジワルしたくなっちゃうなぁ」

「……っ、あぅ」

　そこはダメなのに……っ。

　わざと声が出るように触れて、刺激を強くしたり弱くしたり。

「あぁ、百葉ちゃんはここ弱かったっけ？　じゃあ、やめてあげない。もっとしてあげる」

「ん、そんな強くしちゃ……っ」

「百葉ちゃんの弱いところ……俺たくさん知ってるからね」

「やぁ、ぅ……イジワル、ばっかり……っ」

「誰も知らないもんね。百葉ちゃんがこんなに敏感なんて」

　それからずっと、昊芭くんは止まってくれず。

「そらは、く……んんっ」

「きもちいいことしかしないから……好きなだけ甘い声出していいよ」

　ずっと、ずっと……甘くキスされて触れられるばかり。

会長に嫉妬を隠したくて。

「わー!! 百葉先輩ついに素顔解禁ですね!! めちゃ可愛いです〜!」

　ようやく素顔で学校生活を送るのにも慣れてきた。

　メガネがなくて髪型もいつもと違うと、最初の頃は周りの目が気になってたけど。

　今はそんなに気にならなくなったかな……。

「小鞠。あんま更科先輩にべったりしてると、会長に目でやられるぞ」

「だって、もうこれで百葉先輩が生徒会に来ないなんて、信じられないんだもん!!」

　じつは、今日は生徒会室の片づけをしてる。

　少し前に今期の生徒会の活動は終わって、いったん生徒会のメンバーは解散。

　花森さんと壱瀬くんは、まだもう1年あるから、また生徒会に入るのかな。

「またこの4人で生徒会やりたいですよぉ!」

「先輩方はもう卒業だから無理だろ」

「そうなると志那くんしかいない……」

「なんで俺だけだと落ち込むわけ。俺だって小鞠とまた生徒会とかお断りだし」

「むぅ! 志那くん相変わらず口悪い!!」

「まあ、小鞠がどうしてもって言うなら考えてもいいけど」

　ほんとにふたりとも仲良しだなぁ。

「あっ、百葉先輩の卒業式は全力でお祝いしますねっ!!」

「ふふっ、ありがとう」

「それで、花森さんは、いつまで俺の百葉ちゃんに抱きついてるのかな?」

「ひぃぃ!!　会長いつの間に!?」

「結構前からいたけどね。壱瀬くん、早く花森さんを俺の百葉ちゃんから離してくれるかな」

「え、俺ですか」

「うん。壱瀬くんは賢いから、どうすべきかわかるよね?」

「急に権力かざしてきますね。会長は更科先輩のこと好きすぎませんか?」

「そこはまったく否定しないよ。好きどころか愛してるけどね」

　うぅ……壱瀬くんになんてことを……!

　花森さんも聞いてるのに……!

「もう俺たちの前では遠慮しないんですね」

「ははっ、隠す必要もないからね」

「幸せそうで何よりです。会長がここまでデレデレしてるのは貴重ですね。ほら、小鞠。そろそろ更科先輩から離れないと、俺まで大変なことになるから」

「え〜!　志那くんまで会長の味方なの!?」

「小鞠のメンタルすごすぎて逆に尊敬するわ。会長の目がありながら、更科先輩にベタベタできるとか」

「はっ、そうだ!!　このまま4人で記念に写真撮りませ

んか!?」

「いや、俺の話ちゃんと聞いてたかよ」

「聞いてたよ!! だから百葉先輩から離れたよ! けど、写真はいいじゃん!」

「だそうですよ、会長。どうしますか?」

「そうだね。写真くらいならいいよ。4人で記念に撮るの俺は賛成かな」

　　——で、写真を撮ることになったんだけれど。

「花森さん、ちょっと百葉ちゃんに近くない?」

「くっつかないと、みんな入らないんですよぉ!」

　スマホのカメラで撮るのって、なかなか難しいみたい。

　花森さんが苦戦してる様子。

「ほら、会長と志那くんも! もう少しふたりとも寄ってください!」

「俺が会長に近づいても、さすがに更科先輩はヤキモチ焼かないですよね?」

「ははっ、どうかな。百葉ちゃんって意外とヤキモチ焼きなんだよ?」

「うっ……昊芭くん! 今それ言わないでください……!」

　そんなこんなで、何枚か撮り終わり。

　花森さんはとっても満足そう。

「何気に4人で写真撮ったのはじめてですもんねっ!! あっ、撮った写真いまグループのチャットに送りましたぁ!」

　たしかに、4人で写真撮る機会なかったなぁ。

　あらためて思い出が増えたみたいでうれしいな。

「えへへっ、百葉先輩見てください！　さっきの写真スマホのロック画面に設定しちゃいましたっ！」

「あっ、ほんとだ。花森さん笑顔がとっても可愛い」

「えー、百葉先輩のほうが可愛いですよぉ！　ところで、百葉先輩はどんなロック画面にしてるんですかぁ？」

「あ、わたしは海で撮った写真で」

　少し前に、昊芭くんと冬の海を歩いたときに撮ったもの。

　夏に見る海とは違ったきれいさがあったから。

「ほへぇ！　それって会長とのデートですかっ？」

「え、あっ、うん……」

「キャー！　照れちゃう百葉先輩も可愛いっ！　そうなると、会長のも気になっちゃいますよねっ！」

　そういえば、昊芭くんのスマホのロック画面は見たことないかも。

　花森さんが昊芭くんにお願いして、スマホを見せてもらってる。

「わぁ、会長ばっちり百葉先輩の写真にしてるじゃないですかぁ！」

　え、わたし……!?

　てっきり、シンプルな景色とか設定してると思ってた。

「この百葉ちゃんきれいでしょ？」

「めちゃ美人です～!!　しかもこれ、百葉先輩のロック画面と同じ海じゃないですか!?　百葉先輩も見てくださいよぉ!!」

　画面には、海の写真を撮ってるわたしの横顔がばっちりおさまってる。

「すごい偶然ですねっ！　ふたりでこのデートの日のやつにしようとか話したわけじゃないんですよね？」

「そうだね。俺も百葉ちゃんがこの海の写真を設定してたなんて、知らなかったな」

　いつの間にか一緒の場所の写真を設定してたなんて、うれしいなぁ。

「ラブラブすぎますね!!　誰も入る隙ないじゃないですか！」

「もちろんだよ。俺と百葉ちゃんの間に入ってくるなんて無謀すぎるよね」

「でも、百葉先輩が素顔解禁したので会長大変ですね！」

「そうなんだよ。百葉ちゃん注目浴びすぎて、俺も心配が絶えなくて」

　わたしが毎日素顔で過ごすようになってから、昊芭くんの周りへの警戒度がかなり上がってるようで。

「会長が牽制してたら、誰も近づいてこなさそうですけどね。近づいたら殺されそうじゃないですか」

「志那くんの言う通りだよね！　女のわたしでも近づいたら睨まれるもん！」

「会長の更科先輩への想いって、強いというか異常にしか見えないし」

＊　＊　＊

　そんな矢先、とんでもない大事件が。

　いつものように休み時間を過ごしていたら。

「更科ちゃん、大変!!　昊芭がケガした!」

　雪峰くんが慌てて教室に飛び込んできた。

　なんでも、バランスを崩して階段から落ちてしまったそう。

　さいわい、意識もあるしケガもそこまで重症じゃないみたいだけど。

　雪峰くんに話を聞いてから、急いで保健室へ。

「昊芭くん!!　大丈夫ですか!?」

　すでに処置が終わっている昊芭くんがいて、ほっとひと安心。

「あぁ、大丈夫だよ。少し油断したら階段から落ちちゃってね」

「し、心配しました……っ」

「ごめんね、心配かけて。ほら、この通り湿布を貼って包帯も巻いてもらったから」

　どうやら右手首をケガしたみたい。

「ほんとに大丈夫ですか?　昊芭くんは、いつも無理して平気って言うので心配です……」

「ほんとに無理だったら百葉ちゃんには言うからね?　だから安心して」

　ケガしてないほうの手で、わたしをグッと抱き寄せようとした瞬間——。

「神楽くん……!!　ケガの具合は!?」

　いきなり女の子が飛び込んできた。

　この子は？

　どうして昊芭くんがケガしたことを知ってるの？

「ごめんなさいっ……！　わたしのせいで……」

「いいよ、気にしないで。そっちはケガしなかった？」

「神楽くんが、とっさにかばってくれたから平気。ほんとにごめんなさい……！」

　どうやら話を聞くと、女の子が階段から落ちそうになるところを、昊芭くんがかばったらしい。

　てっきり、ひとりでいるときにケガしたのかと思ってた。

「右手……ケガしたんだよね？　利き手だから不便だろうし……。あの、よかったらわたしなんでも手伝うから！」

　わたしがそばにいるのにお構いなしで、女の子が昊芭くんの右手に触れてる。

「ありがとう。その気持ちだけ受け取っておくよ」

　昊芭くんがさらっと手をかわしても、女の子は諦めず。

「でもやっぱり悪いよ！　生活に支障出ちゃうでしょ？」

「まあ、利き手だから多少不便はあるかもしれないね」

「じゃあ、やっぱりわたしがそばで付き添うよ！」

　ケガが治るまで、ずっとこの子が昊芭くんのそばにいるの……？

　さっきから胸のあたりが落ち着かない。

　モヤモヤしてる……。

　昊芭くんが、女の子をかばって助けたのはとってもいいこと。

　でも……それがきっかけで、ケガが治るまで昊芭くんの
そばにわたし以外の子がいるの？

「本当に大丈夫だから。付き添うのとか大変だろうし」

「ううん、全然！　よかったら帰りとか荷物持ったりする
よ？　あっ、でもさすがに今日は家の人が迎えに来てくれ
るかな？」

　きっと、この子は厚意で言ってるのに。

　それにモヤモヤするなんて。

「いや、俺いまひとり暮らしだから」

「えっ!!　じゃあ、もし不便なことあったら、わたしが家
にお邪魔して家事とかやるよ！」

　まって、まって……。

　いくらケガのことがあるとはいえ、わたしじゃない……
この子を家にあげちゃうの？

　それを嫌だと思ってしまうのは、心が狭いのかな。

　わたしは昊芭くんの彼女だけど……ここでやだっていう
のはわがまま……？

　自分の中で呑み込まなきゃいけない……と思ったら。

「ごめんね。そばにいてもらうのは遠慮しておくよ。それ
に家にあげることもできないかな」

　まるで、わたしの不安を感じ取ってくれたみたいに……
ちゃんとわたしの目を見てくれた。

「彼女が不安になるようなことはしたくないんだ」

　空いてるほうの手で、わたしの手をスッと取った。

「ケガのことなら本当に気にしなくていいから。俺のそば

にキミがいると、いちばん大事な彼女が不安になるだろう
から、それだけはぜったい避けたいんだ」

　さらに。

「それに俺のそばには、彼女がいてくれるから大丈夫だよ。
ね、百葉ちゃん？」

　コクッとうなずくと、昊芭くんは優しく笑ってくれた。

　そして女の子もすぐに保健室をあとにした。

　ふたりっきりになると。

「おいで、百葉ちゃん」

「っ……」

　きっと、わたしが不安になってるのに気づいてくれた。

　昊芭くんはいつもそう。

　わたしが言えないことを汲み取ってくれる。

　甘えるように昊芭くんの胸に飛び込むと。

「不安にさせちゃった？」

「ぅ、わかる……んですか？」

「結構わかりやすく顔に出てたよ？」

「そ、そんなにですか」

「やっぱり百葉ちゃんはヤキモチ焼きだね」

「っ、昊芭くん限定です……っ」

　ほんとは隠したかったのに。

　隠しきれないくらい、わたしは嫉妬深い人間みたい。

　　　　　　＊　＊　＊

「ほんとに今日俺の部屋に泊まってくれるの？」

「もちろんです。ケガした昊芭くんをひとりにするのは心配なので」

　まだ痛みもあるだろうし。

　心配だから、今日は昊芭くんのおうちに泊まることに。

「俺の彼女は優しいなぁ」

「そんなそんな……」

「けど、ケガしてるから百葉ちゃんとイチャイチャできないね」

「ななっ、しなくていいです!!」

「百葉ちゃんのほうが物足りなくなったりしてね？」

「そ、そんなことになりません！」

　ケガをしてても、昊芭くんの調子はいつもと変わらず。

　晩ごはんを作ったり、簡単に部屋の掃除（そうじ）をしたり、洗濯（せんたく）をしたり。

　ひと通りの家事は終わったかな。

「もういつ俺と結婚しても安心だね」

「っ!?」

「早く百葉ちゃんと暮らせる日が来るといいなぁ」

「なぅ……まだ早いです!!　昊芭くんはお風呂入ってきてください……!!」

　その間に、わたしは食器（しょっき）を洗（あら）ったり。

　いろいろやってたら、昊芭くんがお風呂から出てきた。

「今日百葉ちゃんが泊まりに来てくれて助かったよ。右手が使えないと結構不便なんだね」

「あんまり動かしちゃダメですよ。あと、髪はわたしが乾かすので、こっちきてください。そのあとに湿布と包帯もやりますね」

「わー、至れり尽くせりだ？　たくさん甘やかしてもらえて俺は幸せだね」

　昊芭くんと一緒に暮らすってなったら、毎日こんな感じなのかな。

　……なんて、ちょっとだけ想像しちゃった。

　実現する日は、当分先だろうけれど。

「まだ手首痛いですか？」

「じっとしてたら平気だよ。でも、少し動かすと思ったより痛みがあるかな」

「やっぱり心配です……。ほんとに病院行かなくて大丈夫ですか？」

「百葉ちゃんは心配性だね」

「だって手首真っ赤ですし、だいぶ腫れてます」

「今日の夜がいちばん腫れるかもって、養護教諭の先生も言ってたからね」

　湿布だけで大丈夫なのかな。

　包帯もあまりきつくないように巻いたけど。

「百葉ちゃんはなんでもできちゃうね。処置も完璧だ？」

「これくらいの手当てなら、なんとかできます」

「そっか。ありがとう。百葉ちゃんがそばにいてくれて、本当に助かるよ」

「お役に立ててよかったです」

　このあと、わたしもお風呂に入って、あっという間に寝る時間。

「ん、百葉ちゃんおいで」

　なんで昊芭くんは、ベッドで両手を広げてるのでしょう？

「えぇっと、今から寝るんじゃ」

「うん。でも、俺は抱きしめてあげられないから。百葉ちゃんからきて？」

　いつもなら、昊芭くんが抱きしめてくれるけど。

　ケガしてるから。

「えっと、失礼します」

「ふっ、どうぞ。なんでそんなかしこまっちゃうの？」

「自分からは緊張するんです……っ」

　昊芭くんの身体大きい。

　ギュッてすると、ただわたしが抱きついてるだけになっちゃう。

「じゃあ、このまま寝ようね」

「手、大丈夫ですか？」

「うん。ただ、百葉ちゃんを抱きしめ返せないのが寂しいなぁ」

「無理しちゃダメです。完治（かんち）するまでは安静（あんせい）にです」

「じゃあ、もっと百葉ちゃんがギュッてして」

「もうこれ以上くっつけないですよ」

　これでもかってくらい、ピタッと密着してるのに。

　昊芭くんはもっとって欲しがってばかり。

「あの、今日のこと……わたしの不安に気づいて、断って
くれてありがとうございました」

「いいえ。彼氏として当然のことだよ。それに、もし俺が
逆の立場だったら嫌だなって思ったからね」

　昊芭くんはいつもそう。

　他の人の立場になって、気持ちを考えて言葉を選んでく
れる。

「けど嫉妬してる百葉ちゃんも可愛かったよ？」

　わたしの頬をふにふにして、ちょっと面白がってる。

　イジワルなところもあるのが昊芭くん。

「あんまりヤキモチ焼きたくない……です」

　ぷくっと頬を膨らませて、キリッと睨んでみた。

　けど、昊芭くんはにこにこ笑顔。

「ふっ、それ睨んでるの？」

「そうです」

「可愛すぎてまったく効果ないよ」

「むぅ……」

「ムッとしてる百葉ちゃんは貴重だね」

　睨み攻撃はまったくきかず。

　むしろ昊芭くんが愉しんでるような。

　さらに。

「百葉ちゃんからキスしてほしいなぁ」

「っ、わがままばっかりですね」

「俺ケガ人だから、もっと労わって？」

　今日の昊芭くんは、甘えてわがままばかり。

　それにかまってほしいのか、頬をすり寄せてきたり。

　普段なら自分からキスなんてできない……けど。

「目つぶって、ください……っ」

「してくれるんだ？」

「今日は特別、ですよ」

　昊芭くんもわたしには甘いけど。

　わたしも昊芭くんには甘い気がする。

「うれしいなぁ。百葉ちゃんからしてもらえるなんて」

　ほんとにうれしそうで、目を細めて笑ってる。

　そのままスッと目を閉じてくれた。

　いつ見ても昊芭くんの顔ってほんとに整っててきれい。

　崩れてるところなんて見たことない。

　思わずじっと見惚れてると。

「百葉ちゃん、まだですかー？」

「……はっ、も、もう少しです」

　待ちきれない昊芭くんが、わたしのほっぺをふにふに。

　自分の唇がうまく重なるように。

　ちょっと首を傾けて……そっと昊芭くんのに重ねた。

　ふにっと……やわらかい感触が唇にあって。

　ただ、ここから先はどうしたらいいかわかんない。

　触れたまま固まってると。

「……もっとしてくれないんだ？」

「ぅ……」

　もっとしてって、昊芭くんが誘ってくる。

　恥ずかしさでいっぱいなのに。

「俺の首に腕回したまま……離れないで」

　唇が重なったまま。

　言われた通り、さらにギュッてして、身体が密着して。

　相変わらず昊芭くんは余裕そう。

　わたしのほうが、いつも先にキャパオーバーになる。

　ほんの少しの出来心。

　いつもは、ぜったいできない……けど。

　ほんとにちょっとだけ……大胆に。

　一瞬、昊芭くんが目を見開いたけど。

　すぐにまた余裕そうに笑って。

「百葉ちゃん誘うの上手になったね」

「っ……ぅ」

「唇舐めてくるなんて……大胆なことするね」

「んっ……」

　あっという間にキスの主導権（しゅどうけん）が逆転（ぎゃくてん）。

　口がこじあけられて、舌が深く入り込んでくる。

「どうせなら、これくらい……ね」

「ふぁ……っ、ん」

「いまので一気に興奮してきちゃった」

「ふ……え……？」

「攻められるのは性（しょう）に合わないから、攻守交替（こうしゅこうたい）ね」

　覆いかぶさって、わたしを組み敷いた。

　真上にとっても危険な瞳をした昊芭くん。

「え……ケガは……っ？」

「軽傷だから。俺のことあおっちゃいけないよ？」

　ケガ人とは思えないほど、生き生きしてる。

　こ、これは完全にいつもの調子なんじゃ。

「それに……右手が使えなくても、甘いことはたくさんできるからね」

「なぅ……んん」

　またキスが落ちて、どんどん深くなって。

　熱を持った身体が、反応しちゃう。

「百葉ちゃんはほんと唇弱いね」

「ぅ……あ」

「ちょっと吸っただけなのに」

「や……っ、んぅ」

「腰のあたりすごく動いてるね」

　ジンジン痺れて、甘い電流が走ってるみたいにピリピリする。

　昊芭くんから与えられる刺激が、甘すぎて耐えられなくなる……っ。

「俺ね、百葉ちゃんの感じてる顔好き、ものすごく好き」

「んぁ……」

「だからもっと……百葉ちゃんがきもちいいところ探そうね」

　キスの最中、イジワルな左手が少し身体に触れてきて。

　その手を止めようとしても力が入るわけなく。

「どこが好きか……教えて」

　刺激が強すぎて、気づいたら意識が飛んでいた。

会長とドキドキの旅行。

　季節はあっという間に春を迎えた。

　わたしたち 3 年生は、卒業式まで自由登校の期間に。

「4 人で出かけるなんて、何気にはじめてですよねっ！
しかも泊まりでなんて!!　楽しみすぎます～！」

「おい、小鞠。いきなりそんなテンションだと夜まで体力
持たないぞ」

「大丈夫だよ～！　昨日早く寝て準備ばっちりだもん！
会長も楽しみですよね～？」

「そうだね。4 人だと盛り上がりそうだし。百葉ちゃんも
今日をすごく楽しみにしてたから」

　今日はわたしと昊芭くん、花森さんと壱瀬くんの 4 人で
1 泊 2 日のキャンプにやってきた。

　少し遠方（えんぽう）なので、わたしのお兄ちゃんが車で送ってくれ
た。

　お昼は牧場（ぼくじょう）へ行って、夕方からバーベキューをする予定。

　――で、今ちょうど牧場に到着。

「わわっ、アルパカです!!」

「ほんとだ。結構近くで触れるんだね」

　とっても広い牧場で、アルパカや羊、ヤギ（ひつじ）までたくさん。

　しかもこの牧場は、動物たちとの距離がとっても近い。

　首輪（くびわ）でつながれてるだけで、柵（さく）とかもなくて普通に触れ
合えるくらいの距離なのすごいなぁ。

「白くてもふもふですね！」

「アルパカも百葉ちゃんに懐いてるね」

「そ、そうでしょうか」

「俺が撫でようとすると逃げちゃうし」

　あ、ほんとだ。

　プイッとして、ささっと逃げちゃった。

　この牧場では動物に餌をあげることもできるみたい。

　とりあえず4人で牧場内を回ることに。

「うわ～、牛ってほんとに白黒なんだ～！」

「小鞠……お前牛を見た第一声がそれって」

「え～、素直に感想言っただけじゃん!!　あっ、そういえば、志那くんは大きな動物が苦手だもんね～？」

「なんでうれしそうなんだよ」

「志那くん唯一の弱点！」

　壱瀬くんって大きな動物苦手なんだ。

　たしかに、さっきから動物とちょっと距離を取ってるような。

「せっかくだから牛と写真撮っちゃおっ！　志那くんも一緒にどう？」

「お前……ケンカ売ってんの？」

「うわ、志那くんが怒った！　いいもん、じゃあ百葉先輩一緒に撮りましょっ？」

　このあと、とれたての牛乳を使った牧場限定のバニラアイスを食べることに。

「んっ、濃厚でめちゃくちゃ美味しいです。昊芭くんも食

べますか?」

「じゃあ、ひと口もらおうかな」

　スプーンですくって、パクッと食べさせてあげると。

「どうですか?」

「さらっとした甘さだね」

「甘いの苦手な昊芭くんでも食べられるかなって」

　この光景を隣で見ていた花森さんが、目をキラキラさせてる。

「わぁぁ、今のカップルっぽいです〜!!　あーんして食べさせてあげるのうらやましいです!!」

「ははっ。じゃあ、花森さんは壱瀬くんにやってあげたらどう?」

「え、なんで俺なんですか」

「志那くん嫌そうな顔しないでよぉ!」

「俺はちゃんと自分のやつ自分で買ったし」

「むぅ、それわたしにもちょうだいっ!」

「ダメ。つーか、お前自分のやつ買っただろうが。まだ食うつもりか?」

「いいじゃん!　じゃあ、志那くんがわたしにあーんするのでもいいよ!」

「いやいや、それなら他探せよ」

「志那くんしかいないから、おねがいしてるのに〜!」

　なんだかんだふたりとも仲良しだなぁ。

　次に小さな動物がいるふれあいコーナーへ。

　ここはうさぎとかに触れたり、抱っこもしていいみたい。

　うさぎって結構警戒心が強いって聞いてたから、逃げられちゃうと思ったけど。

「百葉先輩うさぎにも人気じゃないですかぁ！」

「更科先輩の膝の上が争奪戦になってるし。こんなの会長が見たら……あー、やっぱ見てますよね」

「困ったなぁ。俺の百葉ちゃんはうさぎにも人気なのかぁ」

「会長、相手はうさぎですよ。さすがにその黒いオーラは抑えてください」

「俺だって百葉ちゃんの膝で寝たことあんまりないのにさ」

「だから、相手はうさぎです。動物相手に嫉妬はやめましょうよ」

「百葉ちゃんは動物にもモテちゃうんだもんね。まあ、可愛いから仕方ないか」

　１匹抱っこしたら、たくさん寄ってきてくれた。

　あたたかいし、もふもふしてて可愛い……！

「か、可愛すぎて連れて帰りたいです」

「すっかり百葉ちゃんに懐いてるね」

「昊芭くんも抱っこしますか？」

「たぶん逃げちゃうんじゃない？」

　昊芭くんが抱っこしようとしたら、ぴょんって違うところにいっちゃった。

「やっぱり百葉ちゃんがいいんだ。俺は嫌われてるみたい」

「そ、そんなことないですよ！　ほら、あそこにいる真っ白のうさぎさんこっち見てます！」

　おいでって手招きしながら近づくと。

「わっ、昊芭くんの膝の上に乗りました！」

「この子、百葉ちゃんに似てる……可愛い」

「え、え!?　どこがですか!?」

「真っ白でおとなしくて可愛いところ」

「わたしこんなに可愛くないですよ!?」

「ううん、可愛すぎて破壊力すごいよ」

　昊芭くんと真っ白なうさぎさんの組み合わせ、とっても
お似合い。

　やっぱり動物って見たり触れたりすると、癒されるなぁ。

「うさぎさんに囲まれて生活したいです」

「百葉ちゃんってたまにすごく天然なこと言うよね」

「……？」

「そのギャップに、俺もドキドキさせられっぱなしで大変
なんだよ？」

　周りからうまく隠して、頬に唇がチュッと触れた。

「ぅ……ここ外ですよ……っ」

「誰も見てないよ」

「うさぎさんが見てます……！」

「じゃあ、もう少し見てもらう？」

「これ以上はダメです……！」

＊　＊　＊

　牧場を楽しんだあと。

　夕方は今日泊まるコテージの近くで、バーベキューをす

ることに。

　食材はすでに揃っていて、お肉や野菜がメイン。

　他にチーズフォンデュもできるみたい。

　昊芭くんと壱瀬くんが準備を淡々（たんたん）と進めてくれて、あっという間にお肉も野菜も焼きあがった。

「外で食べるお肉って、なんでこんな美味しいんですかね！百葉先輩もそう思いませんっ？」

「あっ、花森さん口についてる」

　ティッシュで軽く口のまわりを拭いてあげると。

　可愛らしい笑顔で、ギュッとわたしに抱きついてきた。

「えへっ、なんか百葉先輩がお姉ちゃんみたいですねっ」

「花森さんみたいな可愛い妹なら大歓迎かな」

「わぁぁぁ、じゃあ妹に立候補（りっこうほ）します!!　毎日可愛い百葉先輩に癒されたいです、甘えたいです!!」

　相変わらず花森さん可愛いなぁ。

　こんなに可愛くて愛嬌（あいきょう）がある子なら、一緒にいたらいつも楽しそう。

「小鞠。あんま更科先輩にアピールしないほうがいいぞ。会長見てみろ。笑顔で怒ってるから」

「ひぃぃ……!!　な、なんかわたしのこと睨んでる!?」

「百葉ちゃんに癒してもらったり甘えられるのは、彼氏である俺の特権だからね」

「で、でもちょっとくらいよくないですか!?　会長いつも百葉先輩を独り占（ひと　じ）めしてるのに!!」

「ぜったい譲らないからね？」

「笑顔で圧かけないでください〜!!　めちゃ怖いです!!」

　花森さんが、わたしの後ろに隠れちゃった。

「百葉先輩っ!　会長から守ってください〜!」

「えぇっ、えっと、わたしは何をしたら……」

「早く俺の百葉ちゃんから離れたほうが身のためだよ?」

「ひぃ……やっぱり会長は敵に回せません!!　志那くん助

けて〜!!」

「え、は?　なんで俺なんだよ」

「会長の百葉先輩への愛がすごすぎるよぉ!」

「今さらだろ。いいか、会長は更科先輩のことになると、

何するかわかんないからな。危険、要注意なんだよ」

　な、なぜか昊芭くんがふたりにおびえられてる。

　けど、昊芭くんは変わらずにこにこ笑顔。

　ある程度お腹が満たされてきたところで、デザートを食

べることに。

「わっ、デザートは焼きマシュマロなんですね」

　一度食べてみたいと思ってたから、うれしいなぁ。

　ルンルン気分でマシュマロを焼いてみると。

　これが意外と難しくて。

「あっ……失敗してちょっと焦げちゃいました」

　少し目を離したら、黒くなっちゃった。

　シュンと落ち込んでると。

「それ俺が食べてあげるから。もう一度焼いておいで」

「え、あっダメです!　ぜったい苦いですよ!」

　焦げちゃったマシュマロを、昊芭くんがパクッとひと口。

「うん、意外と平気。ただ、百葉ちゃんにはちょっと苦いかもね」

　わたしが失敗したのに。

　それに、甘いの苦手なのに食べてくれるなんて。

　やっぱり昊芭くんは、すごく優しい。

　何度かやってみて、やっといい感じにマシュマロが焼けるようになってきた。

「はぁ……マシュマロ食べてる百葉ちゃんが可愛すぎる」

「会長は相変わらず更科先輩にぞっこんですね」

「もはや俺がマシュマロになりたいくらいだよ」

「今の発言はちょっと理解しがたいです。しかも真面目に言うのやめてくださいよ」

「俺はいつだって真面目なんだけどな」

「更科先輩が関わると、会長の頭が大変なことになるのがよくわかりました」

　昊芭くんと壱瀬くん何を話してるんだろう？

　ふたりとも焼きマシュマロには興味なさそう。

「百葉ちゃん、こっち向いて」

「ふへ……？」

　マシュマロを食べながら振り向いたら、パシャッと音がして。

　昊芭くんがスマホをこっちに向けてる。

　しかも何回もシャッターの音が聞こえる。

「そういえば、会長さっきからすごい数の写真撮ってません？」

「そうかな。まだ200枚くらいしか撮ってないけど」

「いやいや、だいぶすごい枚数ですけど。しかもぜんぶ更科先輩を撮ってますよね？」

「もちろん。だって、俺の百葉ちゃんってどの瞬間を切り取っても可愛いんだよ？」

「カメラロールすごいことになってそうですね」

「百葉ちゃんの写真ばかりだからね。どれも可愛すぎるから見せてあげないけど」

「スマホ壊れたらどうするんですか？」

「ちゃんとバックアップ取ってるし、なんなら別にデータとして保存してあるから」

「抜かりないですね。会長の更科先輩への愛がすごすぎて、誰もかなわない気がします」

＊　＊　＊

　バーベキューが終了して、暗くなってきたので今日泊まるコテージへ。

「百葉先輩と同じ部屋がいいですっ！　夜遅くまでたくさんお話ししたいです～！」

　そういえば、宿泊先のコテージは昊芭くんが予約してくれたみたいだけど。

　みんな一緒のところに泊まるのかな。

　……と思いきや。

「はい、これが壱瀬くんと花森さんのコテージの鍵ね」

「え、まさかの会長たちと別々ですか」

　壱瀬くんが、だいぶびっくりしてる。

「もちろん。ふたりでゆっくりするといいよ」

「いやいや、コテージなら普通４人で泊まりません？　部屋もたくさんあるでしょうし」

　昊芭くんが何も言わずに、笑顔でにっこり。

「はぁ……わかりましたよ」

「安心してね。ふたりの時間は邪魔しないから」

「どこを安心していいのかわかりませんよ。ってか、なんで俺が小鞠と一緒なんですか」

「幼なじみでしょ？」

「そこはカンケーないです。こんなところに来てまで小鞠の世話って……」

「あー、志那くんひどい!!　世話とか言い方！　ってか、わたしと百葉先輩のお泊まりタイムは!?　パジャマパーティーは!?」

「残念ながら更科先輩とはコテージ別々だから」

「ガーン!!　それはショックすぎるよ!?」

「文句は会長に言いな。俺と小鞠は一緒のコテージだけど、部屋分けるから。入ってくんなよ」

「むぅ！　志那くんが夜寂しくても知らないからね～！」

「そっちこそ、寂しがって俺の部屋来るなよ」

　そっか。壱瀬くんと花森さんとはコテージ違うんだ。

　４人もいいけど、ふたりっきりもデートっぽくてうれしいかな。

「さて、俺たちも部屋に入ろうか」

「あっ、はいっ」

　コテージの中は、とっても広くて部屋もたくさん。

　これなら充分4人でも泊まれたような。

「ここが寝室かな。ベッド結構広いね」

「あ、ほんとですね。ここは昊芭くんのお部屋ですか？」

「俺と百葉ちゃんが今夜一緒に寝る部屋だよ？」

「……え？」

「……？」

「え……!?　そ、昊芭くんと同じ部屋で寝るんですか!?」

「ふっ、そんな驚く？」

「だ、だって、部屋たくさんありますし……！」

　てっきりわたしの部屋は別にあるかと。

「俺たち付き合ってるんだよ？　部屋分ける必要ある？」

「ぅ……そ、そうですけど」

「俺は百葉ちゃんと離れたくないのになぁ」

「うぬぬ……」

「一緒のベッドで寝るのはじめてじゃないのに」

　こうして今日の夜は、昊芭くんと同じ部屋で寝ることが決まり……。

　お風呂をすませて、ふと2階の窓から外を見渡すと。

「わぁ、星がすごくきれいですね」

「このへんは星がきれいに見えるって有名だからね」

　真っ暗な夜空に、星が美しくキラッと輝いて。

　普段見てる夜空と同じはずなのに、星の輝きがすごくき

れいに見える。

「少し外に出て星空でも眺める?」

「いいんですかっ?」

「夜は冷えるからね。あたたかくして、あんまり長い時間
はダメだよ」

　2階のバルコニーで、少しだけ外で星を見ることに。

　春が近づいてるとはいえ、やっぱりまだ冷えるなぁ。

「夜は空気が冷たいですね」

　息を吐くと白くて、肌に触れる空気がひんやりしてる。

「風邪ひいちゃうといけないから、これ使って」

　大きなブランケットを肩にかけてくれた。

「昊芭くんも入りますか?」

「そうだね。くっついてるほうがあたたかいかな」

　ふたりで大きなブランケットにくるまって、夜空を眺め
る何気ない時間。

　こんなにきれいな景色を隣で見れて、すごく幸せだ
なぁって。

「星がキラキラ光ってますね」

「なかなかこうして夜空を見ることないもんね」

「そうですね。貴重な体験です」

「ここは空気もきれいだし、自然に囲まれてるから星もき
れいに映るんだろうね」

　月と星が放つ光に照らされて。

　星空の下……微かに胸の中で思うことは──。

　いつまでもこうして、昊芭くんの隣にいられたらいい

な……。

　そう願いを込めて、昊芭くんの手をギュッとつなぐと。

　しっかり握り返してくれた手は、とってもあたたかい。

「そろそろ部屋に戻ろっか？」

「はいっ」

　少しの時間、外にいただけなのに身体が冷たい。

　部屋は暖房がきいててあたたかいけど、身体の内側から冷えてしまったみたい。

「これ飲んだら一緒に寝ようね」

「あっ、ありがとうございます」

　昊芭くんがホットミルクを作ってくれた。

　飲むと少しずつ身体がポカポカしてきた。

「もう寒くない？　身体あたたまった？」

「ミルクのおかげでポカポカです」

「そっか、よかった。それじゃ、そろそろ寝よっか」

　ベッドのシーツは少し冷たかったけど、昊芭くんの体温を感じるからすぐあたたかくなる。

「そういえば、もう少ししたら卒業式だね」

「そうですね」

「高校生でいられるのもあと少しかぁ」

　卒業後は、お互い大学に進学することが決まってる。

　もちろん、卒業したからってわたしたちの関係は変わらないってわかってるのに。

「卒業しちゃうの寂しい……ですね」

「珍しいね。百葉ちゃんが寂しがるなんて」

「だって、毎日昊芭くんに会えなくなっちゃうので……」

　わたしと昊芭くんは進学先が違うので、卒業したら会える時間が今より減るかもしれない。

「はぁ……俺の彼女はどうしてこんなに可愛いのかな」

「わがままはダメ……ですね」

「ダメなわけないよ。それより、今みたいに素直に思ってること伝えてほしいな」

「昊芭くんは優しすぎです……っ」

「百葉ちゃん限定でね。たしかに、今より一緒にいられる時間は減るかもしれないけど。だからその分、不安に思ったり寂しく感じたら必ず俺に相談するって約束して。もちろん、極力そういう思いはさせないようにするけどね」

　胸の奥がじわっと熱い。

　わたしは昊芭くんに想ってもらえて、大切にしてもらえてる。

　それがすごく伝わってくる。

　だから、わたしも同じように気持ちを返したくて。

「っ、ずるいよ。不意打ちでキスなんて」

「ダメ、でしたか……っ？」

「……俺は教えてないのに。どこでそんな可愛いの覚えてきたの？」

　今度は昊芭くんからお返しのキス。

　お互いばっちり目が合ったまま。

「いつも百葉ちゃんキスのとき目つぶるのに」

「っ……」

「今日は恥ずかしがらないの？」

　クスッとイジワルそうに笑ってる。

　いつも通り、昊芭くんはとっても余裕そう。

　わたしばっかり、すぐ余裕がなくなっちゃう。

「そらは、くん……」

「ん？」

「目つぶっちゃダメ……ですよ」

　もう一度だけ、自分からキスして。

　しばらく目を合わせて、唇も触れたまま。

「っ、まって。あんまされると俺も余裕なくなる」

　少し唇をずらして、うまくキスをかわして。

　唇が離れたの寂しく感じるの変……なのかな。

「俺も我慢の限界あるから。今日はここまでね？」

「もっと……触れたいと思うのはダメなこと、ですか？」

　気づいたら、わたしのほうが欲張りになって。

　もっと触れてほしいって気持ちが強くなってる。

「っ……、何その殺し文句。どこまで俺を翻弄したら気が
すむの？」

「……？」

「そうやって簡単に俺の理性崩しちゃうんだもんね」

「ひゃっ、ぅ」

「俺がどれだけ我慢してるかわかってる？」

　お腹のあたりが一瞬ヒヤッとして。

　昊芭くんの大きな手が触れてる。

　服の中に入り込んだ手が、どんどん上にあがって──。

「……まって、百葉ちゃん」

「っ？」

「なんで下着つけてないの」

「ふぇ……!?」

「ダメでしょ……こんな無防備なまま迫ってきちゃ」

「あっ、や……」

「……これじゃ、何されても文句言えないよ」

　服の中に手を入れたまま。

　イジワルな手つきで肌に触れたり、なぞったり。

「どこ触られても敏感に反応しちゃうんだ？」

「ぅ……やぁ……」

「俺ね、百葉ちゃんのその顔すごく好き」

「っ、うぅ……」

　されるがままでいると。

　昊芭くんが軽くため息をついた。

「……なんで抵抗しないの？　このままだと俺止まらない
かもよ」

「止まらなくていい、です……よ」

「……え？」

「そ、昊芭くんのしたいこと……我慢しないでほしい、で
す……っ」

　余裕そうな昊芭くんはどこへやら。

　これでもかってくらい目を見開いて、とっても動揺して
る様子。

　わたし変なこと言ったかな……。

「はぁぁ……まって。ちゃんと意味わかってるの？」

「……っ？」

「いつもは余裕あるけどさ……。百葉ちゃんに誘われたら
止まるとか無理だよ」

「キスよりもっと……してもいい、です」

「……まってまって。百葉ちゃんがこんな大胆になるなん
て、俺どうしたらいいの」

　珍しく昊芭くんが慌ててる。

　何度もため息をついたり、頭を抱えたり。

　何かと葛藤してる様子。

　こんな取り乱してる姿はじめて見たかも。

「……ほんとにいいの？」

　昊芭くんには、もう我慢してほしくない。

　それに……わたしも、もっと触れてほしい……から。

　コクッとうなずくと。

　おでこがコツンとぶつかって、ちゃんと目を見ながら。

「優しくしたいけど……できるか自信ない」

「ん……」

　触れる程度の優しいキスが落ちて。

　何度も唇に吸い付いて、離れていったり。

　少し慣れてきたら、キスが深くなっていって。

　まんべんなく唇を覆って……ずっとキスばっかり。

「もう少し口あけて」

「ふぁ……っ」

　熱い舌が入り込んで、ゆっくり……じっくり体温があ

がっていく。

　キスの最中に漏れる吐息にも熱を感じる。

「まだもう少しキスしようね」

「ぅ……なんで、キスばっかり……っ？」

「時間をかけて……たっぷり百葉ちゃんを愛したいから」

「ん……っ」

「それと……百葉ちゃんの身体がつらくないように」

「あぅ……ん」

「もっとキスで身体ほぐそうね」

　緊張して身体に力が入りっぱなしだったのに。

　キスの熱に溶かされて、少しずつ身体の力が抜けてきた。

「はぁ……っ、俺もそろそろ限界。もっと触れたい」

　だんだんと肌が焼けるように熱くなって……。

　どこ触られても、身体が反応して声も抑えられない。

　甘く深く……全身に刻むように触れてキスして。

「……可愛い。もっと声聞かせて」

「ふ……ぅ……っ」

　触れてくる手が、上から下へ滑り落ちて……。

　お腹の奥がうずいて熱い……っ。

　悲しくないのに、自然と目に涙がたまる。

「もう少し力抜ける……？」

「ぅ……ぁ……っ」

「少しゆっくりしよっか」

　キスをしながら、涙をそっと拭ってくれる。

　わたしが不安になると、それを感じ取って何度もキスを

して。

「そらは、くん……っ」

「大丈夫……俺にぜんぶあずけて」

　はじめては不安なことばかり。

　自分でも聞いたことない声が漏れると、恥ずかしくて。

　でも、そんなの気にしていられたのは最初だけ。

　甘くて痛い波がグッとくると、めまいに似たような感覚でクラクラする……っ。

「ごめん……っ、あんまり優しくできてないね」

「はぁ……ん」

「百葉ちゃんが可愛すぎて加減できない……」

　深く入り込んでくる熱を受け止めるのに精いっぱいで。

　昊芭くんは優しくできてないって言ったけど……。

　強引さはなくて、とびきり甘くて優しくて。

「どんなに愛しても愛し足りないくらい……好きだよ」

　幸せで胸がいっぱいになった甘い一夜。

＊　＊　＊

　──翌朝。

　目元に少しまぶしい日差しがあたって、ゆっくり目を開けると。

「おはよう。よく寝てたね」

「お、おはよう、です」

　起きたばかりで、頭があまり働かず。

　目をぱちぱちさせてると。

「身体は平気？　痛かったりつらかったりしない？」

「うぇ……あ、えと……」

　肌と肌が触れ合って、昨日の夜のことをちょっとずつ思い出してきた。

「寒い？　シャワー浴びる？」

「そ、昊芭くんが抱きしめてくれてるので、すごくあたたかい……です」

　今さらながら、とっても恥ずかしくて目が合わせられない……っ。

　うつむいたまま、身を小さくしてると。

「昨日の百葉ちゃん……すごくきれいだったよ」

「ぅ、あ……うぅ……」

　両頬を包まれて、昊芭くんがじっと見つめてくる。

　目が合ってるだけなのに、恥ずかしくていたたまれない。

「……いま俺死んでもいいくらい幸せ」

「そ、そんなにですか……っ？」

　やわらかく笑ってて、ふわふわしたオーラが見えてる。

「言葉じゃ表せないくらいだよ」

「わ、わたしも……」

「……？」

「あ、甘すぎて……っ、とっても幸せです……っ」

　好きな人と気持ちが通じ合って結ばれることが、こんなに幸せなんて知らなかった。

　ぜんぶ、昊芭くんを好きになって恋人になって……気づ

いたこと。

「昊芭くんを好きになってよかったです……っ」

「っ……、ずるいよ不意打ちでそんなこと言うの」

「……？」

「……またしたくなっちゃうでしょ？」

「へ……っ」

「さすがに百葉ちゃんの身体が心配だから我慢するけど」

「ひぁ……ぅ」

　腰のあたりに手を添えられて撫でられると、ビクッと反応しちゃう。

　ちょっとイジワルに唇に触れてきたりするから。

「ほら、そうやって可愛い声出さないの」

「ぅ……昊芭くんが触るからです」

「可愛い……。俺ほんとに百葉ちゃんのこと好きすぎて、もっと愛したい……俺でいっぱいにしたい」

「わたしも、昊芭くんのことだいすき……です」

　言葉じゃ伝えられないくらいの気持ちが、胸の中にいっぱい。

　今もこれから先もずっと、わたしが好きなのは昊芭くんだけ。

＊End＊

☆ afterword

あとがき

　いつも応援ありがとうございます、みゅーな**です。

　この度は、数ある書籍の中から『完全無欠の超モテ生徒会長に、ナイショで溺愛されています。』をお手に取ってくださり、ありがとうございます。

　皆さまの応援のおかげで、20冊目の出版をさせていただくことができました。本当にありがとうございます……！

　今回の作品は生徒会長×地味子です！

　わたしが今いちばん書きたいと思うヒーローを書いてみました。

　普段は優しくて温厚だけど、甘いことするときだけイジワルに攻める……みたいなヒーローがすごく好きで！

　今は昊芭みたいなヒーローを書くのがいちばん楽しいです！

　でもまた無気力なヒーローも書きたいと思ってます！

　ヒロインの百葉も、控えめで恥ずかしがり屋な性格がいいなぁと思ったり。

　あらためて昊芭と百葉の組み合わせで書くのがすごく楽しかったので、終わってしまって少し寂しく感じます！

　最後になりましたが、この作品に携わってくださった皆

さま、本当にありがとうございました。

　前作に引き続き、イラストを引き受けてくださったイラストレーターのOff様。

　今回もイメージ通りのイラストを描いていただき本当にありがとうございました！

　こうして継続的にイラストを引き受けていただけて、本当にうれしいです！

　いつも編集作業のモチベーションになってます！

　そして応援してくださった読者の皆さま。

　いつもわたしの作品を読んでくださり、本当にありがとうございます……！

　この書籍で20冊目というのが、とても驚いています。

　今もこうして夢中になって続けられるものがあるのっていいなって、あらためて感じました。

　たくさんの方に支えていただき、ここまで続けることができました。

　書きたいと思えるものがある限り、これからも楽しく執筆活動を続けていきたいです！

　また新しい作品にもチャレンジしていく予定ですので、応援していただけたらうれしいです！

　ここまで読んでくださりありがとうございました！

2023年5月25日　みゅーな＊＊

作・みゅーな＊＊

中部地方在住。4月生まれのおひつじ座。ひとりの時間をこよなく愛するマイペースな自由人。好きなことはとことん頑張る、興味のないことはとことん頑張らないタイプ。無気力男子と甘い溺愛の話が大好き。『吸血鬼くんと、キスより甘い溺愛契約』『ご主人様は、専属メイドとの甘い時間をご所望です。』シリーズ全3巻発売中。近刊は『甘々イケメンな双子くんから、愛されすぎて困ってます。』など。

絵・Off (オフ)

9月12日生まれ。乙女座。O型。大阪府出身のイラストレーター。柔らかくも切ない人物画タッチが特徴で、主に恋愛のイラスト、漫画を描いている。書籍カバー、CDジャケット、PR漫画などで活躍中。趣味はソーシャルゲーム。

ファンレターのあて先

〒104-0031

東京都中央区京橋1-3-1

八重洲口大栄ビル7F

スターツ出版（株）書籍編集部 気付

みゅーな＊＊先生

この物語はフィクションです。
実在の人物、団体等とは一切関係がありません。

完全無欠の超モテ生徒会長に、
ナイショで溺愛されています。
2023年5月25日　初版第1刷発行

著　者　みゅーな＊＊
　　　　©Myuuna 2023

発行人　菊地修一

デザイン　カバー　粟村佳苗（ナルティス）
　　　　　フォーマット　黒門ビリー＆フラミンゴスタジオ

ＤＴＰ　久保田祐子

発行所　スターツ出版株式会社
　　　　〒104-0031　東京都中央区京橋1-3-1　八重洲口大栄ビル7F
　　　　出版マーケティンググループ　TEL03-6202-0386
　　　　（ご注文等に関するお問い合わせ）
　　　　https://starts-pub.jp/
印刷所　共同印刷株式会社
Printed in Japan

ISBN　978-4-8137-1433-0　C0193